U0139928

川端康成
Kawabata Yasunari

掌の小説

掌小说集

高慧勤
徐建雄
———
译

上海译文出版社

目　录

拣骨记 …………………………………… 1

男孩女孩与板车 ………………………… 6

向阳之地 ………………………………… 12

脆弱的器皿 ……………………………… 15

奔向火海的她 …………………………… 17

蚂蚱与金钟儿 …………………………… 19

手表 ……………………………………… 24

梳头 ……………………………………… 27

金丝雀 …………………………………… 29

港口 ……………………………………… 31

照片 ……………………………………… 33

白花 ……………………………………… 35

落日 ……………………………………… 39

遗容事件 ………………………………… 41

人的脚步声 ……………………………… 43

海 ··· 47

玻璃 ··· 50

阿信地藏 ······································ 55

滑岩 ··· 59

谢谢! ·· 62

偷茱萸果的人 ································ 66

母亲 ··· 70

雀为媒 ··· 75

殉情 ··· 78

龙宫仙女 ······································ 80

冬日将至 ······································ 83

灵车 ··· 88

上帝的存在 ··································· 91

帽子事件 ······································ 95

合掌 ·· 100

屋顶上的金鱼 ······························ 104

金钱路 ··· 108

早晨的趾甲 ··································· 114

处女作作祟 ··································· 117

上帝之骨 ······································ 124

盲人与少女 ··································· 127

故乡 ·· 132

母亲的眼睛 ··································· 135

三等候车室 ··································· 137

家庭 ················· 141

雨中车站 ················· 144

穷光蛋的恋人 ················· 153

不笑的男人 ················· 158

雪隐成佛 ················· 164

化妆的天使们 ················· 168

雨伞 ················· 175

化妆 ················· 177

藤花与草莓 ················· 180

石榴 ················· 183

十七岁 ················· 187

裙带菜 ················· 193

五角银币 ················· 200

红梅 ················· 206

布袜 ················· 210

夏天与冬天 ················· 214

蛋 ················· 221

秋雨 ················· 227

树上 ················· 231

月下美人 ················· 234

白马 ················· 238

注：本书《拣骨记》《脆弱的器皿》《奔向火海的她》《殉情》《化妆》《石榴》《红梅》《秋雨》《白马》为高慧勤翻译，其余由徐建雄翻译。

拣骨记

山谷里有两泓池水。

下面一个好像炼过银，熠熠地泛着银光；而上面一个，则山影沉沉，发出幽幽的死一般的绿。

我脸上黏糊糊的。回首望去，踩倒的草丛里，竹叶上滴着血，血滴仿佛要滚动似的。

鼻血又涌了出来，热乎乎的。

我急忙用腰带塞住鼻子，仰面躺下。

阳光虽未直射下来，仰承阳光的绿叶，背面却明光耀眼。

堵在鼻孔里的血，直往嗓子眼里倒，怪恶心的。一吸气，便发痒。

山上一片油蝉的鸣叫。蛞蝼好似受到惊吓，也突然齐声叫了起来。

七月，将近中午，哪怕落下一根针来，都好像什么东西要塌下来似的。身子好似动弹不得。

汗涔涔地躺着，觉得蝉的聒噪，绿的压迫，土的温暖，心的跳动，一齐奔凑到脑海里。刚刚聚拢，忽又散去。

我恍如飘飘然，给吸上了天空。

"小爷子，小爷子，喂，小爷子!"

茔地那面传来喊声，我一骨碌站起来。

出殡的第二天上午，来拣祖父的遗骨，正在扒拉还温热的骨灰，鼻血滴滴答答流了下来。我趁人不注意，用腰带尖堵住鼻孔，从火化场跑上小山坡。

经人一喊，旋即又跑下山去。银光闪闪的池水，荡漾之间消失了。我踩着去年的枯叶，一溜烟滑了下去。

"小爷子心真宽，跑哪儿去了? 你爷爷已升天了，你瞧。"常来帮忙的阿婆说。

我走下山来，矮竹丛给踩得噼啪作响。

"是么? 在哪儿?"

流了大量鼻血，我生怕脸色显得难看，还惦着那湿腻腻的腰带，走到了阿婆身旁。

像揉皱的包装纸似的手掌上，摊着一张白纸，上面有块寸许大的石灰质，几个人的目光顿时猬集在上面。

像是喉结。倘若勉强去想的话，也不妨看作人形。

"方才好不容易才找到的。唉，老爷子也成了这个样了，放进骨灰盒里吧。"

实在没意思——我真希望是祖父，听见我回家进门，那双失明的眼里，露出高兴的神色迎接我。然而，却是一个穿着黑绉绸的女人，我未见过面的姨妈站在那里。好不奇怪。

旁边的坛子里，乱七八糟装了些骨殖，不知是脚还是手，抑或是脖子。

火化场只是一个挖出的长坑，没有一点遮拦。

灰烬的热气还很炙人。

"走吧，到坟上去吧。这儿难闻得很，太阳光都是黄的。"

我头晕目眩，又像要流鼻血了，有些儿担心，便这么说。

回头一望，常来帮工的汉子捧着骨灰罐跟在后面。只有火化场上的灰烬，吊客昨日烧完香坐过的席子，依然留在那儿。糊着银纸的竹竿，也依然竖在那儿。

昨晚守夜，有人说，祖父终不免也变成一团蓝色的鬼火，冲出神社的屋顶，飘过传染病院的病房，在村子上空弥漫着难闻的臭气，飞散以尽。去坟地的路上，我想起这些风言风语。

我家的祖坟和村里的墓场不在一处。火化场在村子墓场的一角。

终于到了石塔林立的我家祖坟。

我觉得反正一切都无所谓，真想一骨碌躺下去，在蔚蓝的晴空下尽量多呼吸几口。

阿婆从山涧打了水来，把大铜壶往地下一放，说：

"老爷子有遗嘱，说是要葬在祖上最早的石塔下面。"

说是宣布遗嘱，未免也太一本正经了。

阿婆的两个儿子便抢在常来我家的农夫前头，搬倒最上头一座旧石塔，在塔基处挖了起来。

墓穴似乎相当深。骨灰罐扑通落了下去。

虽说死后将那样一块石灰质放进先祖的遗茔里，但死了，也就什么都不复存在了。渐渐被忘却的生。

石塔又照原样竖了起来。

"来吧，小爷子，告别吧。"

阿婆往小石塔上哗哗地浇水。

线香点着，但在强烈的阳光下，看不出袅袅的青烟。花已经蔫了。

众人合掌瞑目。

那一张张黄面孔，我挨个看过去，脑袋又一阵眩晕。

祖父的生与死。

我像上紧发条似的，使劲摇动右手。骨头咔啦咔啦地响。手里拿着小骨灰罐。

老爷子是个可怜的人。一心为了家。村里忘不了他。回去的路上尽提祖父的事。真希望他们住嘴。伤心的恐怕只有我一人而已。

留在家里的那些人也替我担心，祖父死了，只剩下我一人，这往后怎么办呢？同情之中掺杂着好奇。

叭哒一声，落下一只桃子，滚到了脚边。从坟场回来的路，是绕着桃山脚下走的。

这是我虚岁十六岁那年的事，系十八岁（大正五年①）时所记。现在一边抄录，一边略加修改。十八岁写的东西，五十一岁时重抄，也饶有兴味。想我竟然还苟活人间，仅此一端……

祖父是五月二十四日死的。《拣骨记》里写成七月的事。这种改易，似乎也是有的。

我曾在新潮社出版的《文章日记》里提到过，原稿丢了一张。

———————

① 即 1916 年。

4

日记本上"灰烬的热气还很炙人"同"走吧，到坟上去吧……"中间，缺了两页。存其缺略，照抄不误。

《拣骨记》之前，还写过《致故乡》一文。和祖父一起生活过的村子，我称作"你"，用寄自中学集体宿舍的书信体写的，不过是种幼稚的感伤而已。

兹从《致故乡》中，摘出与《拣骨记》有关的一小段：

　　……我曾那样地向你发过誓，可是，前天在舅父家，终于答应卖掉祖房。

　　最近，想必你也看到了，仓房里的衣箱，衣橱，都转到商贾手里了。

　　听说自从离开你之后，我家便成了一个穷帮工的住处。他妻子患风湿病死后，又用作邻居家关疯子的地方。

　　仓房里的东西不知不觉地给偷光了；坟山四周的树，一棵一棵给砍掉了，变成近邻桃山的领地。虽然快到祖父三周年的忌辰，佛龛里的牌位，恐怕早已倒在老鼠屎上了吧。

男孩女孩与板车

板车的两端肩并肩地分别坐着四五个男孩和女孩，正"咔嗒""咕咚"地玩 SEE-SAW[①] 游戏，将车轴弄得咯吱直响，连晚饭都忘了回去吃了。男孩紧紧地搂着女孩的肩膀，女孩则把手撑在男孩的大腿或车板上，脚一着地就使劲儿蹬着弹起，随后又落了下来——夏日傍晚那微弱的光线，将此一幕小小的场景在一片昏暗中浮现了出来。此刻行人稀疏，有那么几个也都步履匆匆的。

"咯噔，吧嗒——上面的是老爷，下面的是叫花子……"

板车上的孩子合着"跷跷板"一上一下的节奏，嘴里不住地唱着。

突然，一个眉毛长得十分清秀的十二三岁的男孩，松开了抱着左右两个女孩的双手，扭头朝后面嚷道：

"不行，要重新编组了。"

"怎么了？有什么好重编的嘛？这不是挺好的吗？还是快点

---

① 英文，跷跷板。

跷吧。"

背对着他的另一侧的一个孩子回答道。

"不重编不行。太没意思了。坐车把这儿的吃亏嘛。跷不高啊。"

"说什么呢？瞎说！瞎说！你瞧瞧，不是跷一样高的吗？"

一个美得出奇，也只有十二三岁的女孩，甩了甩她那一头肩上短发，回过头来说道：

"百合子你别开口。背靠背的人，是不知道谁高谁低的。不过我看到了。坐车把这儿的人吃亏了。"

"龙雄你也不会知道的。"

"一定要重新编组了。要不，我不干了。"

"坐车把那儿也不吃亏的嘛。换来换去的，多麻烦呀。还是跷得更快一些吧。"

"我不要。"

"你不要就别玩了。我知道你干吗不要的。什么呀，你不就想跟百合子编在一组里吗？"

一个搂着百合子的肩膀跟龙雄斗嘴的男孩，一针见血地说道。龙雄"啪"地跳下车来，双手抓住了车把，可就在此时，他与同一瞬间回过头来的百合子对上了眼神，不由得脸涨得通红，两道清秀的眉毛也明显透出了敌意。他恶狠狠地答道：

"你又怎么样呢？你不也就想着跟百合子编在一组吗？所以你才不愿意重新编组呢。"

此时百合子已经离开了板车，脸颊通红地在一旁站着。出人意料的是她居然不甘示弱地对与龙雄争吵的那个男孩说道：

"我讨厌春三你说的话。这有什么呀，我就跟龙雄编在一组好了。"

"说什么呢？你一个女孩子家家，玩什么跷跷板呢？疯丫头！"

"怎么了？不行吗？"

"不行啊。要是车主人一来，女孩子是跑不掉的。到时候你挨揍我可不管。"

春三也恼羞成怒了。

"挨打？挨谁的打？车主人叔叔，是经常上我家去玩的。"

"上家去玩算什么呢？我还经常坐他的车呢。"

"你吹牛！你什么时候坐他车了？"

对于春三与百合子的争吵龙雄一点也不感兴趣，他只觉得还没玩过瘾，于是就平静地说道：

"怎么编组都行啊。还是再玩一会儿吧。好吧？"

"嗯。行啊。行是行，不过这次我要跟龙雄在一组里。"

春三被可恶的百合子伤了心，也被她的气势压制住了。

"女孩算什么呀？我才不要跟女孩在一组呢。没人想要跟女孩在一组的，是吧？龙雄，我们全是男孩编一组吧。怎么样？"

"怎么着都行啊。快点吧。"

龙雄这会儿已不再坚持先前的说法，能够接受春三的建议了。

"行啊。我也不跟龙雄在一组了。跟谁在一组还不一样吗？"

"可是，男孩女孩分开恐怕是不行的吧。女孩太轻，那就不好玩了。"

春三又说道。

要不说春三是傻瓜呢！——百合子将眼眸中的火花投给了龙雄，可龙雄却没能回以她所希望的眼色。百合子说道：

"女孩怎么了？女孩也不轻的。"

"胡说些什么呀！就是轻嘛。尿包就是轻嘛。"

再次受到伤害的春三目光变得尖刻起来了。

龙雄不温不火地插话道：

"百合子，你太逞强了。别这样。你肯定会输的。"

"龙雄，你这个尿包。我才不会输呢。"

说完，百合子回头看了看女孩子们。一数之下，男孩五个，女孩也是五个，可刨去他们三人，其余的都是小他们两三岁的小孩子了。

"你就会说大话。好啊，那就来试试吧。是吧，龙雄，来试试吧，看到底哪边重。"

百合子十分可爱地眯缝起眼睛，稍稍想了一会儿，就忽然露出天真无邪的微笑，蹦蹦跳跳地说道：

"行啊。行啊。才不会输呢。你们就瞧好吧。——来吧。快来。"

百合子跑过去抓住了车把的前端，随即又在被她招过去的女孩们的耳边说了些什么，吃吃地笑个不停。

"耍赖。这是耍赖啊。百合子，你耍赖可不行啊。怎么能抓住车把呢？得抓住车板才行嘛。"

"可那样不就输了吗？我倒是无所谓，可别的孩子都太小啊。"

春三也忍不住开口了：

"要耍赖的话，就不玩了。女孩子就会耍赖。"

"你不是男子汉吗？这下也赢不了了吧。还男子汉呢。尿包。"

"我就能赢。你别说大话。疯丫头。"

春三骂骂咧咧，随即又跟几个男孩子嘀咕了几句什么，突然喊起了号子：

"准备好了吗？一、二、三！"

五个男孩胳膊跟小肚子一齐使劲儿，猛地将板车压了下去。

百合子那抓住车把的手被强挑上去，受此冲击，她放开了手，"啪嗒"一下仰面朝天地摔倒在地，身上那件漂亮的浴衣 ① 也像被风撩起了似的，卷了上去，门襟大开了。她飞快地合上了前襟，"滴溜"一翻身趴着，用双袖遮住脸蛋，抽抽搭搭地哭着不肯起来。

别的女孩因为没松手，故而没事儿。

"啊呀！"

被吓坏了的男孩女孩全都跑到了摔倒在地的百合子的身边。偷窥了一下百合子的脸，确定仅仅是摔倒，并无大碍之后，春三就说道：

"爱哭鬼。要不说女孩子是尿包呢。动不动就哭。"

听了他这话，百合子嗖的一下就站起了身来，但双袖仍遮在脸上，用哽咽的声音断断续续地说道：

"好，你给我记着。我会去爸爸那儿告状的——我妈说了，不要跟春三那种人家的孩子玩——还有，龙雄，你也坏。太过分了。"

随后她就一转身，跑到了一户种着许多梧桐树，半西洋式的房子前，把脸贴在门上，瘦小的肩膀不停地抽搐着。

"说什么家呀。你家还不是乡下人家吗？我们才不认识你老爸呢。"

说着，春三又开始鼓动别的孩子要么继续玩跷跷板，要么重新

---

① 棉布料制成的简单和服。最早是入浴后穿的，故称"浴衣"。后来成为夏天出门时的休闲服装。

开始玩别的游戏。可是龙雄也好别的男孩女孩也好，都很在意趴在门上哭泣的百合子，并由此而想到了自己的家。

无精打采的春三像是看懂了趴在门上却不开门进去的百合子的心思，他快步跑到她身边，将嘴巴凑到了她的耳朵旁。百合子一转身，仰起了脸来，春三趁势凑上前去，像是抱住了她似的，跟她嘀咕了起来。

百合子微微地点了点头之后正面看着春三，略带羞涩地笑了笑，并再次点了点头。紧接着，春三就跟百合子一起回到了板车那儿。

这次，龙雄与春三和百合子以及另一个女孩编成了一组，板车的另一端则坐着六个较小的孩子。龙雄和春三都用胳膊搂着百合子的肩膀，玩开了跷跷板游戏。

五分钟过后，大颗大颗的雨滴突然打在了已经长出了叶子的樱花树上，随后又砸到了地面上，敲击起板车来。原来在此之前，孩子们光顾了玩，根本没谁抬头望一眼早已断黑了的天空。

"啊呀！下阵雨了！好冷呀。淋湿了。要淋成落汤鸡了！"

"下雨又怎么了？不会淋湿的。"

男孩们手上使劲儿压住想要站起身来的女孩，扭动身体，"咔嗒""咕咚"地加快了跷跷板的频率。

"不要嘛。我说了，不要嘛。冷啊。要挨骂的。"

阵雨越来越大，将大街染成了一片苍茫。

"下雨啦，散伙喽……"

春三叫喊着跳起身来，男孩子们全都撒开脚丫子跑了。

"啊呀！太过分了！"

倾盆大雨中，被抛弃在板车上的百合子大叫道。

向阳之地

二十四岁那年的秋天，我在海边旅馆里遇到了一个姑娘。恋爱由此开始。

那姑娘突然直着脖颈子，举起和服袖子来，遮住了脸。

我立刻意识到：自己的老毛病又犯了！我窘态毕露，满脸苦涩。

"我又那样子看你的脸了，是吧？"

"嗯——不过，也没关系啦。"

姑娘嗓音柔美，语言俏皮，让我稍稍觉得好过了一些。

"对不起啊。"

"哪里？其实也没什么的——没事儿。"

姑娘放下了衣袖，脸上露出了要为承受我的视线而稍做努力的表情。我则把视线转向了大海。

我有个紧盯着身边的人看的毛病。几乎没人受得了。我也常想着要改掉这个毛病，可只要身边有人，我若不紧盯着其脸看，就会觉得十分痛苦。每当发现自己的这个老毛病又犯了，我就会极度地讨厌自己。我觉得这恐怕是我在很小的时候就没了爹娘，没了家庭，寄养在别人家时尽看人脸色造成的。

这么个毛病到底是我寄人篱下时形成的呢？还是在此之前，在自己家里时就已经有了的呢？——有时我也如此这般地拼命回忆，可总也勾不起足以澄清此事的回忆来。

——然而，就在我为了不去盯着姑娘的脸蛋看而将视线转向大海时，我看见一片秋日阳光下的海滩。那片向阳之地，唤醒了我脑海中尘封已久的记忆。

父母死后，我曾与祖父二人在乡下一起生活了将近十年。祖父是个盲人。他常年面朝东方，坐在同一间屋子里的同一个地方——一个长火钵前。并不时转动脖子——转向南方。从不将脸转向北方。自从我注意到祖父的这一怪癖之后，就一直耿耿于怀，再也放不下了。我好多次坐在他的对面，死死地盯着他的脸，想知道他是否也偶尔朝北方转一下脖子。可是，祖父就像个电动人偶似的，每隔五分钟朝右转动一下脖子——只转向南方。这让我觉得单调乏味，却又不寒而栗。南边是向阳之地。我胡思乱想道：原来只有南方才会让瞎子也感受到些许的光明！

——现在，我回想起了这久已忘怀了的"向阳之地"。

这个记忆让我明白：我曾怀着他转向北方的期待而紧盯着祖父的脸，又由于他是个盲人，自然是我盯着他的时候居多，由此便养成了紧盯着别人的脸蛋看的坏毛病。原来我的这个毛病在自己家时就已经有了，并不是我那自轻自贱心态的后遗症。于是我就放心了：我根本不必为此毛病而自怨自艾。一念及此，我便欣喜如狂，内心雀跃不已。尤其在此我为了心爱的姑娘而要极力净化自己的心灵之际，更是喜不自胜。

何况姑娘也说了：

"其实我已经习惯了，只是多少还有些害臊罢了。"

那动听的话音里，分明包含着"你可以把视线转回到我脸上来了"的意味。似乎她刚才就觉得自己的举动是很不得体的。

我面带笑容，望着姑娘。姑娘的脸上泛起了淡淡的红晕，随即又使了个狡黠的眼色，孩子气地说道：

"反正我的脸，以后每日每夜地看，就会变得不那么稀罕的。放心好了。"

我笑了。我觉得对于姑娘的亲近感一下子提升了许多。我真想带着姑娘与对祖父的记忆一起去沙滩上的那片向阳之地。

脆弱的器皿

大街的十字路口，有爿古董店。路边店旁，立着一尊瓷的观音像。高矮如同十二岁的少女。电车一过，观世音冰冷的肌肤便同玻璃门一起轻轻地颤悠。我每次走过，神经都微微感到痛楚，担心瓷像该不会倒下来吧？——由是做了一梦。

观世音直挺挺朝我倒了下来。

一双低垂而修长的皓腕，突然伸出，搂住我的脖子。无生命的手臂有了生命引起的那份惊悸，瓷器那种冰冷的感觉，吓得我慌忙闪开身子。

观世音无声地扑倒在地，摔得粉碎。

于是，她自行拣起碎片。

她蹲下来，只有一点大，匆忙拾掇散落开来的晶亮的瓷片。她的出现，令我惊讶。正想开口辩解几句，倏然一梦醒来。

这些似乎都是观音像倒下以后刹那间的事。

我试着去解这个梦。

"尔等对待妻子，要如同脆弱的器皿。"①

当时，脑海里常浮现出《圣经》上的这句话。"脆弱的器皿"，总使我联想起瓷器。连类而想到她。

年轻女孩儿实在易受伤害。有一说法，恋爱本身，就会毁掉年轻处子。我便这么认为。

——方才梦中，不正是她在忙不迭收拾自家的碎片么？

---

① 见《圣经·新约·彼得前书》第三章。

奔向火海的她

　　远处，一泓湖水闪着幽幽的光。水色宛如月夜中古庭院内的一潭死水。

　　湖水对岸的森林，在静静地燃烧。火势眼见得蔓延开来，像是着了山火。

　　消防唧筒似玩具一般，在岸上疾驰，水面上的倒影甚为分明。

　　人群络绎不绝，爬上山坡，黑压压的一片。

　　我忽然发现，四周的氛围十分明朗，显得宁静而干爽。

　　山脚下的市街是一片火海。

　　——她没费劲便分开拥挤的人群，独自奔下山来。下山的只有她一人。

　　奇怪，竟是一个无声的世界。

　　看着她径直奔向火海，我心里受不住了。

　　那时，我没用语言，而是同她的心灵在作切实而清楚的交谈。

　　"为什么只有你一个人下山？难道想在火海里烧死不成？"

　　"我并不想死。可您家在西边，所以我要朝东走。"

我感到视野中的那一片火海里，她的身影像一个黑点，刺痛我的双眼，于是一梦醒来。

眼角流下了泪水。

她说不愿朝我家的方向走，这我早已料到。她要怎么想，都随她便罢。可是，受理智的鞭笞，明知她对我的感情已经冰寒雪冷，表面上也已死了心，却又认为在她感情的一隅，对我终究还会留有一星半点的情分。这其实同现实中的她毫不相干，只是我的一厢情愿罢了。我尽量狠狠地嘲笑自己，可又宁愿偷偷地将其藏在心底。

然而，之所以做这样的梦，难道在我心里真是认定她对我已是情断义绝了么？

梦是我的感情。而梦中她的感情，是我虚拟的。那也是我的感情。虽说在梦中，感情不会夸大也不会虚饰。

这样一想，我不胜寂寞忧伤了。

蚂蚱与金钟儿

走过大学的砖砌围墙，来到高等学校^①之前时，我就听到从被白木棒围着的校园里，黑色叶樱^②下的幽暗草丛中传来了虫鸣声。我放缓了脚步，侧耳倾听。并且，为了贪听这虫声而不忍离开该校园，我顺道右拐又走了一段后，然后才往左拐。此时出现在我眼前的，就不是一根根的白木棒，而是一道栽着枸橘的河堤了。

"咦？！"

我转过左边的拐角，就不禁将惊奇的目光投向了前方，并一路小跑了过去。

因为，前方的堤坡下，有一团可爱的五彩灯笼在那里晃荡着，简直就跟乡下举办的小型稻荷祭^③似的。不必走近我也知道那是孩子们在河堤旁的草丛中捕虫。灯笼共有二十来个。红色、粉色、蓝色、

---

① 指日本的旧制高中，中学四年毕业后才能报考，学制三年。相当于大学预科。战后学制改革时，被纳入新制大学。如今日本的高等学校，则相当于我国的高中。
② 花朵凋落，已经长出了嫩叶的樱花树。
③ 祭奠掌管五谷之神的庙会。

19

绿色、紫色、黄色，一只只色彩各异。不仅如此，还有一只灯笼就发出五彩光芒的。其中有像是从店里买来的小红灯笼，但大多看上去像是孩子们开动脑筋，自己动手制作的，十分可爱的四方灯笼。二十来个孩子聚在这冷冷清清的河堤旁，摇晃着手中美丽的小灯笼，这不是童话中的景象又是什么呢？

　　一天夜里，一个城里的孩子在这河堤下听到了虫鸣声。第二天夜里，他就买了红灯笼来寻找那只鸣叫的虫子。第三天夜里，就来了两个孩子。新来的孩子买不起灯笼，就把一只小纸盒的前后面镂空贴上薄纸，在盒底放上蜡烛，盒顶系上带子，自制了一个灯笼。后来增至五人、七人。他们也都学会了在镂空的纸盒上贴上透光的薄纸，并画上彩色图画的手艺。随后，这些聪明的小艺术家还在纸盒上这儿那儿地开了各种形状的小孔：圆形的，三角形的，菱形的，树叶形状的，不一而足。并给每个透光的小"窗户"赋予了不同的色彩。有的同一个灯笼，既有圆形、菱形的小孔，也有红色、绿色的贴纸，形成了统一、和谐的装饰风格。想必到后来，买了红灯笼的小孩，扔掉了那只毫无情趣的灯笼；自制灯笼的孩子，也扔掉了最初制作的简单乏味的灯笼，甚至到了第二天就不满意昨夜携带的灯笼了，于是在大白天里运用纸盒、画笔、剪刀、小刀和糨糊，专心致志地创作起新灯笼来，且日日更新，心里憋着"我的灯笼才是最稀罕，最好看的！"这么一股子劲儿，晚上提溜着出来捕虫的吧。这不，现在出现在我眼前的，不就是这么二十来个孩子和二十来只五彩缤纷的灯笼吗？

　　我停下了脚步，瞪大眼睛凝望着。发现那些四方形的灯笼上，不仅镂刻出了古色古香的纹样或花朵的模样，有的还镂刻出了诸如

"吉彦""绫子"等制作者名字的假名字体。与在红灯笼上画画不同，由于这些自制灯笼是在厚纸盒上镂空后再贴上薄纸制成的，所以镂空的图样处便成了透光的"窗口"，蜡烛光也得以与图样完全相同的色彩和形状照射出来。

靠着二十来只这样的灯笼照着草丛，孩子们专心致志地循着虫鸣声，蹲在河堤旁。

"蚂蚱！谁要蚂蚱？"

一个离大伙八九米远，独自盯着草丛的男孩，突然直起身来说道。

"我要！我要！"

立刻就有六七个孩子跑了过去，并且紧贴着那男孩的后背，朝草丛里张望着。可那男孩却扒拉开了这些孩子伸出的小手，晃动着右手里的灯笼，再次朝八九米远处喊道：

"蚂蚱！谁要蚂蚱？"

"我要！我要！"

又有四五个孩子跑了来。好像再也捉不到比蚂蚱更稀罕的虫儿似的。可那男孩又第三次喊道：

"有谁要蚂蚱吗？"

又有两三个孩子跑了过来。

"给我吧。给我吧。"

一个刚跑来的女孩子对他说道。那男孩回头看了她一眼，随即便弯下腰，把灯笼换到了左手后，将右手伸进了草丛中。

"是蚂蚱哦。"

"没关系。给我吧。"

男孩马上站起身来，将握着的拳头伸到了女孩的面前，仿佛在说："给你！"

女孩将左手提着的灯笼的带子套在手腕上，用双手拢住了男孩的拳头。男孩轻轻地松开了拳头。虫儿移到了女孩的拇指与食指之间。

"啊呀，是金钟儿！不是蚂蚱哦。"

女孩看着褐色的小虫儿，眼里波光闪耀。

"金钟儿！是金钟儿！"

孩子们爆发出艳羡的喊声。

"金钟儿哦。是金钟儿哦。"

女孩用她那双明亮聪慧的眼睛，看了给她虫儿的男孩一眼，解下了挂在腰间的一只虫笼，将虫儿放了进去。

"是金钟儿哦。"

"嗯，是金钟儿。"

男孩嘟囔着，举起了自己那只美丽的五彩灯笼，给将虫笼举到脸旁，看得入神的女孩照亮，同时也转动眼珠，不住地偷看着女孩的脸。

原来如此！

我不禁有些讨厌起这个男孩来了。可与此同时，我也为自己的愚钝而哀叹：我竟然到了这会儿才明白那男孩所作所为的用意！

啊！——我又吃了一惊。

看呐！看那女孩的胸前！

这可是连给虫儿的男孩，接受虫儿的女孩，以及望着他们俩的孩子们都没注意到的。

映在女孩胸前的绿光尽管微弱，却也能清晰地看出，是"不二夫"这三字！

原来是男孩那只举在女孩端起的虫笼旁的灯笼离女孩穿着的白色浴衣很近，而灯笼上镂空成男孩名字"不二夫"的"窗口"上又贴着绿纸，于是其形状与颜色就原封不动地映在了女孩的胸前。

　　再看女孩的灯笼，由于这会儿挂在左手的手腕上耷拉着，虽不如"不二夫"那么清晰，可那摇曳着的红光，也在男孩的腰间映出了尚可辨读的"清子"二字。这绿光与红光的相互撩逗——能算撩逗吗？——是连不二夫和清子本人都不知道的。

　　并且，即便不二夫将赠送金钟儿之事，清子将接受金钟儿之事，永远铭记在心，恐怕不二夫做梦都不会想到，更不会回想起曾将自己的名字用绿光写在清子的胸前；同样，清子也做梦都不会想到，更不会回想起曾将自己的名字用红光写在不二夫的腰间的吧。

　　不二夫少年哟！愿你步入青年后，也能跟女性嘴上说"是蚂蚱哦"，却给予金钟儿，并见她发出"啊呀！"的惊喜声后，露出会心一笑。或者嘴上说"是金钟儿哦"，却给予蚂蚱，并见她发出"啊呀！"的悲鸣后，露出会心一笑。

　　还有，虽说你有脱离同伴，独自蹲在别处的草丛前寻找虫儿的聪明劲儿，可并不等于那儿就一定有金钟儿。或许你也会捕获蚂蚱似的女性而自以为是金钟儿吧。

　　最后，倘若你因心灵蒙上了阴翳而连真正的金钟儿都看作了蚂蚱，以至于有朝一日，以为人世间到处都充斥着蚂蚱时，我或将为你无法忆起今夜曾用美丽的灯笼的绿光，在少女胸前撩逗过而深感遗憾吧。

手表

　　有一位供职于某律师事务所的贫穷的法学士，由于为某市议会议员的受贿案作辩护的关系，居然出乎意料地同时得到了一个漂亮的女朋友和一小笔钱。

　　一天，他邀女朋友去看了戏。

　　散场后，他们在剧场门口坐上了一辆小型出租车。不过，坐汽车，对他来说还是平生头一回。半年前去温泉时，他坐的还是颠簸的马车，连公共汽车都敬而远之的呢。

　　出租车在没有一丝风声的寒夜里行驶着，以其狭窄的车厢从大气中分离出一整块空气，让年轻女性的气息毫不散失地保留在他的身旁。然而，坐在车里的他却胆小如鼠，手足无措。突然，他神不守舍地说道：

　　"等在剧场门口的尽是些便宜的出租车。不过，与其走到有好车的地方，还不如在这车里忍一忍呢。因为天太冷了。"

　　"嗯。"

　　女子简短地应了一声，并像是要询问什么似的转过了头来。于

24

是他又赶紧加了一句：

"可是这车开着哐当作响，车身狭小，反倒更冷了。"

随后又像是要证明自己的什么似的，"咚咚咚"地敲了敲没垫任何东西的皮革硬座。

"就这么个家伙，真是受不了啊。"

"是啊。"

女子也没找到更好的应酬话。他有些讨厌起自己来，乃至出现了冷场。

为了打破这个尴尬的局面，他突然十分鲁莽地伸出手去，将女子放在膝上的手腕翻了过来。

"现在几点了？"

不料女子尖声惊叫了起来。

"啊呀！这块手表，不能看的！"

他吓了一跳，把手缩了回去。女子涨得满脸通红。

"这块表，真讨厌。我的手腕细，所以它显得太大了。是日本产的。又很旧了。您是什么时候看到我戴手表的？您一定是一直看到我袖筒里去了。"

他吓得呆若木鸡，情急之下，连一句奉承话都说不出来。

"不过，这可是我妈留给我的遗物啊。所以我一直随身带着呢。随身带着母亲的纪念品，也太守旧了，是吧？"

"这么说来，还能听到你母亲的声音，是吗？"

"我妈的声音？嗯，是啊。确实是日本女人似的，含混不清的声音。"

"什么样的？"

到了这会儿，他才终于放松了心情，抓起女子的手，放到了自己的耳旁。

"怎么样？听到了吗？——我妈正说着呢。'不要跟男人出去瞎逛'，是不是？"

女子微笑道。

一阵战栗从贴着女子手腕的脸颊传遍了他的全身。

——我们可不能轻率地鄙视这两人的虚荣心。因为，正是这虚荣所导致的偶然结果，给了这个对全世界的女性都怀有自卑之心的他一点点恋爱的勇气。

并由此可见，所谓恋爱，或许就是个非得利用些别的什么东西才能成立的无聊玩意儿。

可话虽如此，这一事件抑或给他的生命带来了一次飞跃，让他的感情生活上了个台阶亦未可知。为什么要这么说呢？因为，仅仅由于他轻轻地触碰了一下女朋友的肌肤，很有可能让他产生出这样的念头：

"让我来改变这个漂亮的女人吧。她将背着自己生下的孩子，拿着这块金表跑到当铺里去！"

梳头

　　一个姑娘想要梳头。

　　这是个深山里的小村子。

　　那姑娘来到专门给人梳头的人家后，大吃了一惊：全村的姑娘都聚到了这里！

　　就在姑娘们将本已松散蓬乱的裂桃髻[1]重新梳理整齐后的那天晚上，有一个中队的士兵，开进了这个村子。村公所将他们分配到各家各户去住宿。村里一户不落地全都接待了客人。而接待客人在这儿可是件稀罕事儿啊。想必姑娘们正是为了这个，才不约而同地想到了梳头的吧。

　　当然，姑娘们与士兵们在此一夜之间什么都没发生。第二天早上，一中队的士兵便出了村子，翻过山岗，走了。

　　却说那个累坏了的梳头姐儿心里寻思着：接下来的四天里，不是没活儿可干了吗？于是，她怀着劳作之后的愉快心情，就在士兵

_____
① 日本传统发髻之一，通常为十六七岁的少女所梳。头发左右分开束起，再在头部后上方盘成环状。流行于明治、大正时代。

们开拔的同一个早晨，坐上颠簸摇晃的马车，越过了大兵们翻过的那个山岗，去看她的男人了。

到了山那边一个稍大一点的村子后，那边的梳头姐儿跟她说：

"啊呀，我真高兴啊。你来得太好了。快来帮帮我吧。"

原来这儿也聚满了全村的姑娘。

于是她帮着拾掇裂桃髻一直忙到傍晚，这才去了她男人在那儿干活的一座小银山。梳头姐儿一见到她男人，就说：

"我要是跟着大兵们走，准能发大财。"

"跟他们走？你发什么神经？难道你喜欢上了那帮穿黄衣服的愣头青？混蛋！"

她男人"啪！"地打了她一下。

已经累得筋疲力尽的梳头姐儿，狠狠地瞪了她男人一眼，心里却是甜丝丝，麻酥酥的。

这时，士兵像是从山上行军下来了。他们清脆、响亮的喇叭声，穿透了笼罩全村的暮色。

金丝雀

夫人：

请原谅，我不得不违背承诺，最后一次给您写信。

去年您惠赠于我的金丝雀，我无法豢养了。那对金丝雀，平素一直是我妻子喂养的。我所做的，仅是观赏而已。观赏之余，自然会回想起夫人您——

夫人，您曾经这么说过：

"你是有妻室的，我也有丈夫。我们还是分手吧。至少，你没有妻子的话……"

您还说：

"作为纪念，我送你这对金丝雀。你看，这对金丝雀可是一对夫妻哦。不过，是我从一家鸟铺里随手抓来一雌一雄后，放入一个鸟笼的。并非金丝雀们的自愿结合。不管怎么，请你在看到这对金丝雀后，就回想起我来吧。将有生命的东西当作纪念品送人，或许有些滑稽可笑吧。好在我们的回忆也是活生生的。金丝雀总有一天会死去的。倘若我们彼此心中有关对方的回忆也到了不得不死去的时候，那就让它死去吧。"

如今，那对金丝雀快要死去了。因为喂养它们的人已经不在了。而我这么个天性疏懒的穷画家，是豢养不了如此娇弱的小鸟的。我直说了吧。我那位喂养小鸟的妻子，死了。就是说，妻子死了，所以金丝雀也要死了。如此看来，夫人，让我保有对夫人您的回忆的，竟然是我的妻子啊！

我想过，是否要将金丝雀放飞天空。可是，自从妻子死后，它们的翅膀也像是突然变得软弱无力了。何况对于这对金丝雀来说，这是一片陌生的天空。无论是在这个大都市里还是在附近的森林中，都没有会与这对夫妇一起飞翔的鸟友。倘若将两只金丝雀分别放飞，则恐怕它们会各自死去的吧。

夫人您不是说过吗？"是我从一家鸟铺里随手抓来一雌一雄后，放入一个鸟笼的"。可我也不愿意将它们卖给鸟铺。因为这是夫人您惠赠给我的鸟。

我也不想将它们交还给您。因为那是一对一直由我妻子喂养的鸟。更何况，或许您早已把它们忘了，还给您也只会给您带来麻烦吧。

请允许我再重复一遍。正因为有我妻子在，这对金丝雀才能活到今天——作为对夫人您的回忆。因此，夫人，我打算让这对金丝雀为我妻子殉葬——并不仅仅因为它们是我对您的回忆。而且，我为什么会爱上夫人您这样的女性的呢？不就是因为有我妻子在的缘故吗？是她让我完全忘记了生活中的艰辛。是她让我不去看人生的另一半。否则，我在夫人您这样的女性面前，肯定会避开视线，或抬不起头来的。

夫人，我可以把这对金丝雀杀了，并埋入我妻子的坟墓里吗？

港口

这是个别具风味的港口。

良家妇女或正经的大姑娘会到旅店里来。客人逗留期间，她们也在旅店里住着。早上起床后，同客人一起吃早饭，一起散步。就跟出来新婚旅行的夫妻一般——

然而，客人要是问"一起去附近的温泉好不好"，女人就会歪着脑袋，陷入沉思。但要是提议"在这港口租个房子吧"，如果对方是年轻姑娘，多半会高兴地说：

"我就给你做老婆好了——如果时间不太长，不是半年一年的话。"

——那天早晨，他就要坐船离去了。匆忙打点行装之际，在一旁帮忙的女人说道：

"我说，您能替我写一封信吗？"

"这又是怎么了？"

"我不是您的老婆了，对吧。所以又有什么关系呢？您在这儿的时候，我不是一直待在您身边的吗？我可一点坏事都没做，是不是？可是，我现在已经不是您的老婆了呀。"

"哦哦，是这样啊。"

于是他就帮她给别的男人写了封信。那男人像是也跟这女人在这旅店里住过半个来月的。

"你也会给我写信吗？在别的某个男人要上船的早晨。在你不是某人的老婆的时候。"

照片

一个相貌丑陋——这么说自然是失礼的，可毫无疑问，他正是因为相貌丑陋才成了什么诗人的。这位诗人跟我讲过这么一件事：

我讨厌照片，几乎从未想到要去照相。自从四五年前与恋人拍了订婚纪念照以来，就一直没照过相。她可是我十分珍爱的恋人。因为，我对这一生中是否还能找到这么一位恋人，毫无自信。即便到了今天，那张照片也仍是我的一个美好回忆。

可就在去年，某杂志社说是要我提供一张照片。我只得在一张我与恋人以及她姐姐三人一起拍的照片上，将我的部分剪下后寄了过去。最近，又有某报社来要我的照片。我踌躇良久，可最后，还是从我跟恋人两人合拍的照片上，剪下了我的那一半来，交给了记者。我还反复叮嘱道："一定要还我哦！"结果还是没有还我。好吧，这个也就算了。

可问题是，当我看到那张只剩下一半——只有我恋人一个人的照片后，我却大感意外！这就是她吗？——我先声明一下，我那位原先照片上的恋人确实是十分可爱，非常美丽的。因为她那会儿还只有十七岁。更何况正在恋爱之中。可是，我看着剪掉了我那一半，只剩下她一人的照片，却觉得"什么呀？居然是这么个不起眼的毛丫头！"在此之前，我曾觉得那么美的照片，居然变成这个样子了。——多年的好梦一下子就惊醒了。我那么珍爱的宝贝，就这么毁于一旦了。

如此看来——诗人压低了嗓门说道。

看到了我那张刊登在报纸上的照片后，恐怕她也会有同感的吧。"我怎么会跟这么个男人谈恋爱呢？——虽说只是一会会儿。"——她也会懊悔不已的吧？

可是我又想到，如果将我和她的双人照原封不动地刊登在报纸上，她会立刻从不知什么地方飞到我的身边来吗？嘴里还念叨着："啊！他多棒呀——"

白花

近亲结婚代代不绝，可她的家族却快要因肺病而死绝了。

她也长着个过于瘦小的肩膀。男人要是去抱她的肩膀，一定会大吃一惊的吧。

一位热心的女士对她说过：

"你结婚时可一定要留神啊。不要找那种身体强壮的。要找看起来弱不禁风，却又无灾无病，肤色白皙，且与肺病无缘的——就是那种总是正襟危坐着，不喝酒，老是笑嘻嘻的……"

但是，她却喜欢幻想强劲的男人胳膊。那种被搂住后，自己的肋骨都会格格作响的强劲的胳膊。

她面容清秀，行为举止却又带着点儿破罐子破摔的做派。有点像闭上眼纵身跃入了人生之海，随波逐流，爱谁谁似的。而这又反倒给她增添了几分娇媚的风韵。

表哥来信了。——终于患上了肺病。这是自童年时代起，早有思想准备的。眼下，只是这一命中注定的时刻终于来到了，仅此而已。遗憾的事只有一件。那就是，为什么没在健康时跟你说：让我吻你一下！哪怕说一次也好啊。祈愿你的嘴唇，永远不受肺病病菌的污染。

她立刻奔赴表哥的身边。而后不久，她被送入了海边的肺病疗养院。

年轻的医生对她关怀备至，仿佛那儿只有她一个病人似的。每天都替她把摇篮似的布面躺椅搬到海岬的凸出处。远处的竹林总是在阳光下熠熠生辉。

一个旭日东升的早晨。

"啊，您已经彻底痊愈了！真的彻底康复了。我是多么盼望着这一天的到来啊！"

年轻的医生说着，将她从放在岩石上的躺椅上，轻轻地抱了起来。

"就跟那个太阳似的，您的生命又重新升起来了。为什么海上的航船都挂着桃色的帆呢？您能原谅我吗？我是怀着两颗心，期盼着这一天的到来的。一个是作为您的医生的我；另一个是作为我自己的我——我是多么盼望着这一天的到来啊！我不能抛弃那作为医生的良心，那曾使我多么的痛苦啊。如今您已经彻底康复了。您已经康复到可以将您自己当作感情的工具了。——为什么大海不把您染成桃色呢？"

她满怀感激地仰望着医生。然后将视线投向海面，等待着。

然而，就在此时，她突然觉得自己没有一点贞操观念。为此，她自己都吃了一惊。她打幼年时代起，就开始直面自己的死亡了。所以她不相信时间。不相信时间的连续性。这样的话，也就不会有什么贞操观念了。

"我曾是如何满怀激情地看着您的身体啊。与此同时，我又是如何满怀理性地看遍了您身上的每一寸。对于一名医生来说，您的身体就是一个实验室。"

"啊？"

"如此美丽的实验室——如果我的天职不是医生，恐怕我的热情早就将您扼杀了吧。"

于是，她就讨厌起这个医生来了。为了拒绝其目光，她整理好了身上的衣服。

疗养院里的一个年轻的小说家对她说：

"让我们相互祝贺吧。让我们在同一天出院吧。"

两人在门口坐上了一辆汽车，在松林里奔驰了起来。

小说家伸出胳膊，像是要去搂住她那瘦小的肩膀似的。她浑身无力，像一个轻巧的东西倒下来似的依偎在男人的怀里。

两人外出旅行了。

"人生桃色的曙光。你的早晨，我的早晨，世上竟会同时有两个早晨，多么不可思议啊。两个早晨变成了一个早晨。哦，对了。我就来写一篇名为《两个早晨》的小说吧。"

她满怀欢愉地仰望着年轻的小说家。

"你看看这个。这是写你在医院里时的写生文①。就是说，即便你我都死了，或许我们俩也依旧会活在小说里的。不过现在，成了《两个早晨》了。——没有性格的性格，透明的美丽。犹如春天原野上芬芳的花粉，你以肉眼看不见的芬芳美丽，飘荡于人生之中。我

————————
① 忠实地描写所观察到事物的一种文体。是日本明治中期正冈子规借鉴绘画方法所提倡的一种散文样式。

的小说发现了美丽的灵魂。我该怎么将其写下来才好呢？请把你的灵魂放在我的手掌上给我看吧。就跟一颗水晶球似的。我要用语言来为它写生……"

"啊？"

"如此美丽的素材——倘若我不是小说家，我的热情也不能让你一直活到遥远的未来吧。"

于是，她就讨厌起这个小说家来了。为了拒绝其目光，她重新坐直了身体。

——她独自一人坐在房间里。她的表哥已经死了。

"桃色。桃色。"

她看着渐趋透明的白色肌肤，想起了"桃色"一词，笑了。

随便哪个男人跟我开口的话……我就立刻答应。——想到这儿，她笑了。

落日

　　一个近视眼女子，正在二等邮局的院子里，心急忙慌地写着一封邮政信简 ①。

　　"电车车窗——电车车窗——电车车窗。"写了三遍，又擦掉了。"现在——现在——现在。"

　　负责快递邮件的邮局职员用铅笔挠着头。

　　大饭店的厨房里，女招待正让厨师帮着系新围裙的带子。

　　"要系在后面吗？后面不就是'过去'嘛。还是在前面把乳房给系上吧。"

　　"呸！"

　　诗人也要买白糖的。白糖铺里的小伙计将一把大汤匙戳在一大堆白糖上。

　　"不，不回去烤年糕了。把白糖揣在兜里在大街上这么一走，或许会冒出些白色的灵感的吧。"

---

①　日本一种印有邮资凭证，可兼作信封的信笺。

于是诗人对着与他擦肩而过的人群嘟囔道：

"唉，我说人们啊，你们都走向过去吧。我可是走向未来的哦。有跟我朝同一个方向走的啊？你也走向未来？开，开什么玩笑？"

邮局少年的自行车，围着近视眼女子直打转。

"快点！快点！"

"啊呀，我是个近视眼啊。我连白糖铺里雪白的白糖都看不见的。我觉得他与那个女人坐在电车车窗旁，就说明他要抛弃现在的我！喂！邮递员！"

诗人和女招待在饭店里微笑着。

"是新围裙嘛。让我看看你背后。让我看看刚落在你后背的白色蝴蝶吧。"

"不要嘛。不要看我的过去嘛。"

"没事儿。我是朝着未来走去，才来到你的面前的。"

这时，从东边升起的，刚才还一直挂在大马路西头当铺仓库屋顶上的太阳，悄无声息地落下去了。

哦——走在这条马路上的人们，在此瞬间全都吐了口气，放缓了三步。不过谁都没有意识到。

正在马路东头玩耍的孩子们全都面朝西方，各自缩起双脚，摆开架势，跳了起来。他们想用目光捕捉落下的太阳。

"看得见的！"

"看得见的！"

"看得见的！"

都在撒谎。明明是看不见的嘛——

遗容事件

"您请看吧。都成这副模样了。唉,她是多么想见您一面啊。"

岳母心急忙慌地将他领进这屋后,对他如此说道,引得围坐在死者枕边的人们,一齐朝他看来。

"您就跟她见一面吧。"

岳母又说了一遍之后,准备揭下盖在他那死去的妻子脸上的白布。

可就在这时,他突然说出了一句连他自己都未曾料想到的话来。

"请稍等一下!能让我与她单独相处一会儿吗?能让我单独留在这个房间里吗?"

这句话令他妻子的父辈亲戚们倏然动容,感动不已。他们静静地走出了房间,并拉上了隔扇。

他轻轻地揭下了盖在他妻子脸上的那块白布。

他妻子的遗容显得十分僵硬,保留着非常痛苦的表情。陡然瘦削的两颊之间,变了色的牙齿裸露在唇外。眼皮上的肉干巴巴地紧贴着眼球。额头上暴起的青筋,将痛苦冻结了起来。

他一动不动地跪坐着，俯视了这么一张丑陋的遗容好一会儿。

然后，他将瑟瑟发抖的双手挪到了妻子的嘴唇上，试图合上她的嘴巴。可是，勉强合上后，只要他一松手，嘴巴又慢慢地张开了。他又将其合上。可一松手，又张开了。如此这般，反复了好多次，虽说最终也仍未完全合上他妻子的嘴巴，可他却发现，妻子嘴边那原本十分僵硬的线条变得柔和了。

于是他觉得自己的手上聚集了所有的热情。为了舒缓一下妻子遗容上那狞厉可怕的青筋，他用手摩挲起妻子的额头来，直到手掌发烫。

随后，他就又一动不动地跪坐着，俯视起妻子那被他一通搓揉后、焕然一新的遗容来。

"您大老远地坐了那么长时间的火车赶来，一定很累了吧。请您先去用午饭，然后休息一下吧。"

岳母这么说着，带着他的妻妹一起进入了房间。

"啊！——"

岳母蓦地大惊失色，眼泪像断了线的珠子似的噼里啪啦直往下掉。

"要不说这人的灵魂真是可怕啊。您没回来之前，这孩子真是死不瞑目啊。真是不可思议啊。您跟她一见面，她这遗容就变得这么安详了。——这下可就好了。这孩子，这下总算是无牵无挂了。"

他的小姨子用一对举世无双的清澄俏目，回望了一下他那双几近疯狂的眼睛，随即，便"哇——"的一声哭倒在地了。

人的脚步声

　　他出院了，离开了那个桐花盛开的医院。

　　通往咖啡馆二楼露台的门敞开着。侍应生穿着雪白的崭新制服。

　　他那只放在露台桌子上的左手，感受到了大理石的冰凉，十分的惬意。他右手手掌托着脸颊，胳膊肘撑在了扶手上，目不转睛地俯视着路上的行人，像是要用目光将他们一个个地吸上来似的。人们在朝气蓬勃的电灯光的感染下，兴致勃勃地行走在人行道上。那个二楼的露台其实很低，仿佛只要一伸出手杖，就能敲到行人的脑袋似的。

　　"就连对季节的感知方式，城里跟乡下也是相反的。你不觉得吗？乡下人是不会从电灯光的颜色上感觉到初夏的到来的。在乡下，装饰一个个季节的不是人，而是大自然，是草木，是吧？可在城里，就不是大自然，而是由人来装饰、展示季节了。许许多多的人在大街上这么一走，就制造出初夏的氛围了。你不觉得这大街就是人的初夏吗？"

　　"人的初夏？被你这么一说，倒也是啊。"

　　他在如此回答着妻子的同时，也回想起了盛开在医院窗外的桐花的香味。那会儿，只要他一闭上眼睛，他的脑袋肯定会沉溺于各种各样的腿的幻影之海。他的脑细胞也会变成形状如腿的虫子，在他的世界里到处乱爬。

——女人那跨过什么东西时会害羞偷笑的双腿；临死前一蹬之后就笔直僵硬的双腿；大腿上没肉的夹在马肚子上的双腿；像扔出的鲸鱼脂肪一般又粗又笨重，时而又因恐惧而紧张不已的双腿；瘫痪的乞丐到了深夜便"嗖"地伸直站起来就走的双腿；从母亲的两腿间生下来的宝宝的好端端的双腿；从公司回家来后如同靠月薪生活一般疲惫的双腿；蹚水于浅滩时，将清水的触感从脚踝一直吸上小腹的双腿；以犹如细裤腿折缝之直角行走着寻找爱情的双腿。直到昨天脚尖还决不指向自己可今天却羞答答前来见面的不可思议的少女的双腿；感受着口袋中钱的分量而大踏步行走着的双腿；脸上微笑心里嘲笑的世故女人的双腿；从街上回来脱掉布袜凉快凉快的汗津津的双腿；代替舞女的良心而在舞台上哀叹昨夜之罪业的美丽的双腿；在咖啡馆用脚后跟唱响抛弃女人之歌的男人的双腿；看重悲伤轻视喜悦的双腿；运动员的、诗人的、放高利贷之人的、贵妇人的、女游泳运动员的、小学生的双腿。双腿。双腿。双腿。——还有更为重要的他妻子的双腿。

由冬至春，他的膝关节一直不好，最后还是截去了右腿——由于这条腿，他在医院的病床上被各种各样的腿的幻影搞得心烦意乱，也令他无比眷恋那个像是专为他配制的观察花花世界的眼镜似的咖啡馆的露台。他是多么地想看看健康的双腿交互踏步在地面上的场景啊。他是多么想听听那无比动人的脚步声啊。

"失去了腿，我才懂得了初夏真正的美好。我要在初夏到来之前出院，去那家咖啡馆！"

他曾望着白色木兰花对妻子说道：

"仔细想来，一年之中人脚最美的时节，就是在初夏。人最为精神抖擞，最为英姿飒爽地行走在街市上，就是在初夏。我必须在木兰花凋落之前出院。"

因此，他在这个露台上，专心致志地俯视着路上的行人，仿佛他们全都是自己的恋人似的。

"连阵阵微风也都清新可人呀。"

"要不怎么说是换季的时节呢？衬衣什么的自不必说了，就连昨天刚做的头发，今天也总觉得沾上灰尘了，不是吗？"

"这种事就无足挂齿了。重要的是腿。初夏时分的人们的腿。"

"既然这样，那我也到下面去走路给你看，怎么样？"

"那就跟说好的不一样嘛。在医院里，在要锯掉那条腿时，你不是说今后我们俩要变成有三条腿的一个人的吗？"

"初夏这个最最美好的季节，让你觉得满意了吗？"

"你能安静一会儿吗？这么着都听不到路上行人的脚步声了。"

他极力倾听着，想要从夜晚大都市的噪声中拾取人的尊贵的脚步声。一会儿他又闭上了眼睛。于是，如同雨点洒落在湖面上似的，行人的脚步声洒落在了他的灵魂深处。一种微妙的愉悦表情，令他那张疲惫不堪的脸明朗了起来。

可是，那愉悦之色不住地消退，而在他的脸色变成一片苍白的同时，他又颇为病态地睁开了眼睛。

"或许你不知道吧。所有的人都是瘸子。在这儿所能听到的脚步声，没有一个是来自健全的双腿的。一个也没有！"

"啊，是吗？也许吧。因为人的心脏也都是偏在一边的嘛。"

"再说，脚步声的紊乱也不见得全是人们的腿的问题。静下心来就能听出，那是承载着灵魂疾病的脚步声。是肉体无比悲哀地与大地约定灵魂葬礼日子的声音。"

"那是自然。也不仅限于脚步声，任何事情都看你怎么去理解了。可是，你这种想法是源自你那神经质的老毛病。"

"你听，你听。大都市里的脚步声全都生病了。所有人都跟我似的成了瘸子。难道不是吗？我是因为自己丢了一条腿，才来欣赏别人健全的双腿的，根本没想要来发现别人的病态。根本没想到会惹出新的烦恼。必须找个什么地方去消除这一烦恼。——喂，我们去乡下吧。在乡下，或许人们的肉体与灵魂都要比城里人更健康，所以应该能听到双腿健全的脚步声的吧。"

"别瞎折腾了，反正都没用的。要我说，还不如去动物园，听听那些四条腿的动物的脚步声更好些呢。"

"去动物园？或许是个好主意啊。动物的四条腿和鸟儿的双翅都十分健全，或许在那儿真能听到完整、美妙的声音的。"

"说什么呢？我只是跟你开个玩笑而已哦。"

"人从双脚直立行走那会儿起，灵魂就生病了，所以失去了完整双腿的脚步声也是在所难免的。"

一会儿过后，装了一条假腿的他，带着丢失了一条灵魂之腿的表情，在妻子的搀扶下上了汽车。汽车的车轮声也像是跛足的，向他诉说着自己灵魂上的疾病。条条道路全都灯火通明，像是在播撒着崭新季节的花朵。

海

七月，一队迁居他处的朝鲜人走在发白的山路上。走到望得见海的地方时，大家都已经累得筋疲力尽了。

他们修筑了翻山越岭的公路。七十来人的挖土工干了三年，一条新路就延伸到了山口处。山口那边的路段，由于承包商不同，不让他们干了。

女人们在天刚亮的时候就走出了山村。走到了看得见海的地方，一个十六七岁的姑娘，脸白得跟纸似的，一屁股坐了下来。

"我肚子疼。走不了了。"

"这可怎么办呢？要不你先歇一会儿，跟后面的男人们一起来吧。"

"他们会从后面来吗？"

"会来的。会跟河水似的，不断涌来的。"

女人们说说笑笑，背着行李、包裹，朝着大海的方向走下山去了。

姑娘卸下了包裹，蹲在了草地上。

十来个挖土工走到了姑娘跟前。

"喂！你怎么了？"

"后面还有人来吗？"

"有啊。"

"我肚子疼。过会儿再走。"

一看到夏天的海，姑娘就脑袋发晕。知了的叫声似乎一直渗入了她的体内。零零落落地从山村出发的挖土工们，三五成群地打姑娘眼前经过。他们也都跟姑娘打了招呼。姑娘则回答着同样的话。

"喂！你怎么了？"

"后面还有人来吗？"

"有啊。"

一个年轻挖土工背着个大柳条箱从杉树林里走出来。

"喂，你干吗在这儿哭呀？"

"后面还有人来吗？"

"没有了。我是故意落在后面，跟相好的告了别才来的。"

"后面真的没人了吗？"

"哪还有人呢？"

"真的吗？"

"喂，你别哭啊。你怎么了？"

那人在姑娘身旁坐了下来。

"我肚子疼，走不动了。"

"是吗？我抱着你走好了。我们做夫妻吧。"

"我不要。——我爸说了，'不许在我被杀的土地上结婚''不要

48

嫁给来到内地①的家伙’‘回到朝鲜后再嫁人！’”

"哼！所以你老爸才会死得那么惨嘛。你看看你身上的衣服。"

"这个吗？"姑娘低头看了看印着秋草图案的浴衣。

"这是别人给的。我好想要买火车票的钱和朝鲜衣服啊。"

"你那柳条箱里是什么玩意儿？"

"是锅和碗。"

"跟我做夫妻吧。"

"后面没人来了吗？"

"我就是最后一个。你就是再等上三年，也不会有朝鲜人路过的。"

"真的没人来了吗？"

"你不肯跟我做夫妻，是吧？你又走不了，是不是？那我可要走了。"

"真的连一个都不会来了吗？"

"是啊。所以你就听我的话吧。"

"好吧。"

"好嘞。"

年轻挖土工搂着姑娘的肩膀站了起来。两人都背上了很大的行李。

"真的一个都没有了吗？"

"你真啰嗦！"

"你带我走吧。但别让我看到海。"

---

① 日本占领朝鲜时，自称日本国内为内地。

玻璃

十五岁的未婚妻蓉子面无人色地回来了。

“我头疼得厉害。我看到了惨不忍睹的一幕。”

说是她看到制造酒瓶的玻璃工厂里，有个童工吐血了，还被严重烫伤，最后晕过去了。

他也知道那个玻璃工厂。因为干的净是些灼热非凡的活计，所以工厂的窗户一年到头都是开着的，且不时有两三个过路人站在窗口张望。路对面是一条肮脏得如同下水道的河，水面上浮着反光的油污，凝滞不动。

在太阳光照不进的阴森森的工厂内，工人用一杆长棒挥舞着火球。他们的衬衫跟他们的脸一样淌着汗，他们的脸跟他们的衬衫一样肮脏。火球在棒头上变长，显出瓶子的形状。将其浸入水中，一会过后又将其提出，“嘎嘣”一声将其撅下。一个弯腰曲背活像饿鬼的孩子用火钳将其拾起后，哧溜溜地朝着做精加工的炉子跑去——只需十分钟，那挥舞着的火球与玻璃的声响就会让站在窗外窥探的人的脑袋也变得跟玻璃碎片一样杂乱，一样僵硬。

蓉子站在窗外窥探时，正好看到那个转送玻璃瓶的孩子大口大口地吐血后，用手捂着嘴一屁股坐下。忽然又见一个飞舞着的火球落到了他的肩膀上，简直是惨不忍睹。那孩子张开鲜血淋漓的嘴大叫着跳起了身来，滴溜溜转了一圈后又"吧嗒"一声倒下了。

"危险！混蛋！"

一盆已经发烫了的水泼了过去。可童工早已晕过去了。

"那人肯定没钱住院的。我想给他一些慰问金……"

"给他就是了嘛。不过，令人同情的劳工可不止他一个哦。"

"谢谢哥哥。啊，好开心。"

过了二十来天，那个童工前来表示感谢了。由于他说是要感谢"小姐"，于是蓉子就走出了玄关。站在院子里的童工少年立刻跪坐下来，抓着门槛低头行礼。

"啊，不必多礼。你已经痊愈了吗？"

"哎？"少年那张苍白的脸上露出了惊愕之色。蓉子则是眼泪汪汪的。

"烫伤的地方，已经养好了吗？"

"嗯。"说着，少年就要去解衬衫的纽扣。

"不，不要……"

蓉子逃进了里屋。

"我说，哥，我……"

"哦，去把这个给他吧。"

他把钱交给了未婚妻。

"我不去了。叫女佣去吧。"

十年的时光，匆匆而过。

他在某文艺杂志上读到了一篇名为《玻璃》的小说。

小说中所描写的，正是他所在城市的景物：水面泛着油光，凝滞不动的河流。火球飞舞的"地狱工厂"。咳血。烫伤。布尔乔亚少女的恩惠……

"喂，蓉子，蓉子。"

"什么事儿？"

"你以前看到玻璃工厂的童工昏倒，给过他钱的，是吧？像是在你上女校一年级或二年级那会儿吧。"

"是啊。有这事儿呀。"

"人家成小说家了，还写了这事儿呢。"

"哪篇？让我看下？"

蓉子从他手里将杂志一把夺了过去。

然而，当他站在妻子背后，往下读《玻璃》时，读着读着，他就开始后悔让妻子读这篇小说了。

小说中写道，那少年后来进了花瓶工厂，由于他在设计花瓶的色彩和造型方面表现出了非凡的才能，就不必像之前那样残酷地驱使自己那病弱的身体了，并将自己设计出的最美的一只花瓶送给了那个少女。

其实，自己——（小说中如此写道）——

在此四五年间，一直是以那个布尔乔亚少女为赠送对象而制作花瓶的。那么，唤醒自己的阶级意识的，到底是那悲惨的劳动经历呢？还是对布尔乔亚少女的暗恋呢？自己应该在那时吐完最后一口血然后死去才是啊。可恨的敌人的恩惠呀。难以抹去的屈辱啊。在古代，城破之后，武士的幼儿会因敌人的怜悯而保住一条小命的，可等在这些孩子前面的命运，只能是去做与自己有杀父之仇的男人的小妾。那个布尔乔亚少女的第一次恩惠，救了我的命。第二次恩惠，给了我寻找新工作的时间。然而，通过这一新工作，我到底是在为哪个阶级制作花瓶呢？我已经成了敌人的小妾了。我知道自己为何能获得那少女的同情。知道自己为何能得到那少女的恩惠。然而，就像人不能跟狮子似的用四条腿走路一样，我也无法将少年时代的美梦冲刷干净。即便是在幻想敌人的宅邸在熊熊大火中坍塌时，我也会听到少女房间里的花瓶被烧成丑陋的样子而发出的哀叹，也会为少女的香消玉殒而悲伤。说到底，即便我牢牢地站稳在阶级战线上，也只是一块玻璃而已，也只是一颗玻璃球而已。可话又说回来，现在我们的同志之中，又有谁不背负着这样一块玻璃呢？因此，还是首先让敌人敲碎我们背上的玻璃吧。倘若我们与那玻璃一同消亡，那也是无可奈何之事。倘若我们非但没有消亡，反倒落得一身轻松，那就欢欣雀跃着继续战斗吧——

读完了小说《玻璃》后，蓉子露出了追忆遥远往事的眼神。
"那只花瓶去哪儿了呢？"
他从未见过妻子如此温顺的表情。
"可是，我那会儿还是个孩子嘛。"
他陡然变色道：
"自不待言，无论是与别的阶级战斗，还是站在别的阶级的立场上与自己的阶级战斗，都必须作好自己作为个人率先毁灭的思想准备。"

可是，他还是有些纳闷。因为，从过去到现在，他从未觉得妻子身上有过小说中少女那般的可人劲儿和清新。

那个弯腰曲背，脸色苍白，饿鬼似的病人，怎么会拥有如此魔力的呢？

阿信地藏

山间温泉旅馆的后院中有一棵很大的栗子树。阿信地藏就在这棵栗子树的树荫下。

根据名胜导游手册的记载，阿信死于明治五年，享年六十三岁。自二十四岁丈夫去世后便终生守寡。也就是从那时起，她就开始亲近村里所有的小伙子了。只要是山里的小伙子，她都一视同仁地予以接纳。小伙子们相互之间建立起了某种秩序，共同分享着阿信。男孩子只要到了一定的年龄，小伙子们就会将其吸收进"阿信共享会"，而哪个小伙子一旦娶了媳妇，就自动退会了。得益于阿信的关照，山里的小伙子就不必走三十来公里的山路，翻山越岭地去港口找女人了，而山里的姑娘们得以守身如玉，山里的小媳妇们也都守住了贞操。就跟这个山谷中所有的男人都得跨过涧溪上的吊桥才能进入自己的村子似的，他们也都无一不是通过阿信才从男孩变成男人的。

他觉得这个传说很美，也不由得对阿信产生了崇敬与向往。可是，那个阿信地藏并不能显示阿信的芳容。只是个五官模糊的秃头石像罢了。说不定原本是个躺倒在坟地里的旧地藏石像，只不过被什么人捡来了而已。

栗子树的对面就是个"暧昧屋"①。往来于那儿与温泉旅馆之间的浴客在栗子树下经过时，都会摸一把阿信地藏那颗光溜溜的秃脑袋。

夏日里的某一天，他与三四位客人聚在一起，叫来了刨冰。可才喝了一口，他就"呸！"的一声吐了出来，并皱起了眉头。

"不好喝吗？"旅馆的女侍问道。

他指着栗子树对面说道：

"是从那家取来的吧？"

"是啊。"

"是那儿的女人做的吧。不脏吗？"

"怎么会呢？再说了，是老板娘做的呀。我去拿的时候亲眼看到的。"

"可这杯子和勺子是里面的女人洗的吧？"

他扔下杯子，又吐了口口水。

看瀑布回来时，他叫停了一辆公共马车。一上车，他就愣住了。因为车里坐着一个十分少见的漂亮姑娘。从此他的视线就无法从这姑娘身上移开了，而且越看越觉得她女人味儿十足。想必从三岁起，这姑娘就开始接受花街柳巷的情欲熏陶了吧。全身丰腴圆润，柔若无骨。就连脚底都没有一点厚皮。乌黑的眼睛瞪得溜圆，扁平的脸蛋上露出无忧无虑的天真神情，毫无倦意。皮肤光滑得仿佛只要看一眼她的脸颊就知道她的脚是什么颜色似的，且柔嫩异常，叫人禁

① 日本明治时代的秘密卖淫场所。一般表面为饭馆或旅店，实则介绍卖淫并提供场所。

不住想赤着脚在那上面踩一下。她简直就是一张没有良心的柔软床铺。恐怕这女人就是为了让男人忘记世俗良心才降临人世的吧。

他感受着姑娘膝头的温暖，移开视线望了望浮现在山谷中的富士山。随后又看了看姑娘。望望富士山，看看姑娘。感受着久违了的情色之美。

后来，那姑娘在一个乡下老太婆的带领下下了马车，过了吊桥，下到山谷，进了栗子树对面的"暧昧屋"。他大吃一惊。可这姑娘的命运又令他感到了一种美好的满足。

"只有这样的女人才能做到无论接待多少个男人也不知疲倦，不会厌烦吧。只有这种天生的卖春妇才不会像世上众多的卖春妇那样神颓色衰，腰胸变形吧。"

他怀着遇见圣人般的喜悦而热泪盈眶。他觉得自己看到了阿信的芳容。

秋天，他等不及狩猎季节的到来就再次进山了。

旅馆里的人去了后院。厨师将一根木棍扔向了栗子树的树梢。已经变色了的栗子的刺儿球掉了下来。女侍们捡起刺儿球，将皮剥掉。

"让我打一发试试吧。"

说着，他从枪套中取出猎枪，瞄准了树梢。没等山谷的回音传过来，刺儿球就掉了下来。女人们欢呼了起来。温泉旅馆里的猎犬听到了枪声，便蹿了出来。

他无意中朝栗子树的对面看了一眼，见那个姑娘正朝这边走来。肌肤依旧细腻动人，肤色却十分苍白。他回头看了一眼身旁的女侍。

"那人病了，之前一直躺着的。"

他对于情色感到了沉痛的幻灭。像是要发泄什么愤懑似的，他接连不断地扣动着扳机。枪声震破了山中秋日的平静。栗子的刺儿球如雨点般掉落。

猎狗跑近猎物后，戏弄似的吼叫了一声，放低脑袋，伸出了前脚。用前脚轻轻地扒拉了一下刺儿球后，它又戏弄似的叫了一声。脸色苍白的姑娘说道：

"啊呀，狗狗也怕刺痛啊。"

女人们哄堂大笑。他感到了秋日天空的高爽。又开了一枪。

一滴褐色的秋雨——一个刺儿球不偏不倚地落在了阿信地藏的秃脑袋上，栗子果飞散了开来。女人们大叫一声，笑得前仰后合。

滑岩

　　他带着老婆孩子来到了山中温泉。这是个以有助于女人得子而闻名遐迩的温泉。泉水很烫,对女人的身体有好处是确切无疑的,但这里却笼罩在诸如"松树和岩石会让人得子"之类的迷信氛围之中。

　　他一面让脸长得跟奈良酱瓜似的剃头匠给他刮脸,一面听他讲"松树送子"的故事。(因有损女性名誉,该故事在此就不录下来了。)

　　"我们年轻时常去看的。天不亮就起床了,因为女人就是在那个时辰去抱松树的嘛。要说这女人想要起孩子来,简直就跟发疯没什么两样啊。"

　　"现在还能看到吗?"

　　"不行了。那棵树十年前就被砍掉了。多么高大的一棵树啊。劈开来,盖了两间屋子呢。"

　　"哦——可是,是谁砍的呢?砍树的家伙,倒也真了得啊。"

　　"是县厅下的命令。说是有伤风化什么的。"

　　晚饭前,他与妻子一起去泡了"大汤"。被称作"大汤"的地方,虽是个公共浴池,可据说在让女人生孩子方面十分有效,故而是这温泉乡中的一宝。这儿的洗浴习惯是，先在旅馆内的浴室里洗干净了身体，再走下石阶，进入"大汤"。"大汤"三面用木板围着，呈浴池状，而底部则是天然的岩石。没围上木板的那一面，兀立着一块大象一般的岩石，使浴池的形状也变得歪斜了。这块被泉水濡湿了的黑色岩石，滑溜溜的，泛着的光泽。据说女人只要从它身下滑入浴池，就能怀上孩子，故而被称作滑岩。

他每次看到这块滑岩都会觉得"这怪物在嘲笑人类啊"。认为人非生孩子不可的人，和以为从石头上滑下来就能怀上孩子的人，都是这张湿漉漉、滑溜溜的大脸的嘲笑对象。

他泡在温泉中冲着那张如同黑色墙面似的大脸露出了苦笑。

"灵岩啊，倘若你能将我那个黄脸婆的脑袋割下来抛入浴池中，或许会让我产生新鲜的惊奇之感吧。"

在此只有他与妻子、孩子的浴池中，他才多少觉得妻子的可贵，由此，他不由得回想起了平素将妻子全然忘在脑后的那个自己。

一个留着遮耳发的年轻女子，赤身裸体地走下了石阶。她拔下西班牙发夹放在架子上，说道：

"啊，多可爱的小姑娘啊。"

随即，便将身体沉入了池水之中。裸身站立时，那女子的新发型就像一朵被掐掉了花瓣只剩下花蕊的芍药。

浴池里一出现他们夫妇以外的混浴者，他就会莫名其妙地自惭形秽起来，更何况他还会不由自主地将年轻女子与自己的老婆作比较，从而沉溺于自我厌恶的空虚感之中。

"看来我也要砍倒松树去盖屋子了吧。'这是我的老婆，这是我的孩子'——这样的话语中不就包含着所有的迷信吗？喂！是吧？

灵岩。"

可他妻子这会儿已在温泉中泡得满脸通红，正闭目养神呢。

池面上黄色的波浪落下去，白色的蒸汽冒上来。

"瞧啊，宝宝。电灯亮了。电灯有几个呀？"

"两个。"

"是啊，有两个呢。一个在天花板上，一个在池水下面。——宝宝，电灯好厉害啊。一下子就钻到池水下面去了。真的很厉害啊。"

留着遮耳发的女子目不转睛地看着孩子。

"小姑娘真是聪明伶俐啊。"

让妻子与孩子先睡后，他一连写了十来封信。

站在旅馆内浴室的脱衣间，他"啊！"地一下惊呆了。

一只白色的青蛙吸附在滑岩上呢。趴在那儿的她松开了手，抬高了脚，哧溜溜地滑了下去，温泉发出"哗啦啦"的笑声。她又爬上了滑岩，牢牢地吸附在那儿。是那个女人！虽然她现在用手巾包着遮耳发，但毫无疑问就是傍晚时遇到的那个女人！

他抓着腰带，在此寂静无声的秋日深夜里，跑上了阶梯。

"那个女人今夜要来杀死我的孩子了。"

妻子抱着孩子，头发披散在枕头上睡得死死的。

"灵岩啊，那个女人，那个相信你那无聊的迷信的女人，她那种怪异的举止，竟令我如此恐惧。照此看来，在我还一无所知的时候，我那'这是我的老婆，这是我的孩子'的迷信，说不定也在令成百上千的人战栗不已吧。是这样的吗？灵岩哟。"

于是他就对妻子产生了新的爱意。拉住她的手"喂！"的一声，把她叫醒了。

谢谢！

今年是柿子的丰收年，山里的秋天，美极了。

这里是位于半岛南端的港口小镇。摆着粗点心的二楼候车室里，走下了一个身穿紫领黄色制服的司机。门口停着一辆红色的大型公交班车，车上插着紫色旗帜。

母亲抓紧装着粗点心的纸袋的袋口，站起身来，对正在给鞋带打上一个漂亮的蝴蝶结的司机说道：

"今天是您当班啊。哦，是这样啊。有'谢谢先生'带着去，那孩子也会交上好运的吧。真是个好兆头啊。"

司机看了看一旁的姑娘，没吭声。

"老这么拖着也没个完儿啊。再说，马上就快入冬了。天寒地冻的，把这孩子打发到老远的地方去，到底也于心不忍啊。我是想，反正是要送走的，那就趁着这天气还好的时节吧。所以才拿定主意，把她带走的。"

司机默不作声地点了点头后，迈着士兵似的步伐朝汽车走，并端端正正地坐在了驾驶位子上。

"阿婆，你来最前面坐吧。越靠前，越稳当。路可远着呢。"

母亲这是要把女儿带到朝北六十公里开外的，通了火车的镇子上卖掉。

汽车在山道上行驶着。那姑娘身体摇摇晃晃地坐在车里，目光却完全被位于正前方的司机那端端正正的肩膀所占有了。他那身黄色的制服在她眼里是多么的宽广，简直如同整个世界一般。一座座高山都从那肩膀的两旁滑过。因为汽车必须翻越两个高高的山口。

追上了公交马车。马车避到了路边。

"谢谢!"

司机一边用洪亮的嗓音口齿清晰地道着谢，一边跟啄木鸟似的低下头，恭恭敬敬地敬着礼。

迎面来了一辆装着木材的货运马车。马车避到了路旁。

"谢谢!"

一辆大板车。

"谢谢!"

一辆人力车。

"谢谢!"

一匹马。

"谢谢!"

即便在十分钟内超过三十辆车，他也始终礼貌恭敬。即便奔驰三四百公里，他也坐得端端正正。就跟一棵笔直的杉树似的，朴实而又自然。

这辆公交班车是下午三点过后才离开港口小镇的，故而半道上就打开了车灯。但每当遇到马匹，司机都会不厌其烦地关掉前灯，并且道谢：

"谢谢！"

"谢谢！"

"谢谢！"

在此六十公里的大马路上，他是最受马车、货车、赶马人好评的汽车司机。

天将断黑的时候，汽车停在了停车广场上。姑娘一下车，就觉得两腿发飘，身体打晃。她拽住了母亲。

"等等！"

母亲扔下了这一句后，快步追上了司机。

"我说，这孩子喜欢上您了。就算我求您了。拜托您了。反正她明天就要成为陌生男人的玩物了嘛。有什么关系呢？真是的，不管是哪里的小姐，只要在您车里坐上六十公里的路，都会这样的吧。"

第二天早晨，司机从小客栈里出来，迈着士兵似的步伐横穿过停车广场。身后，跟着一路小跑着的母亲和姑娘。插着紫色旗帜的红色大型公交班车，驶出了车库，等候着第一班火车。

姑娘先上了车。她嚅动着两片嘴唇，用手抚摸着驾驶座上黑色皮革面。母亲则由于清晨寒冷，双手拢着袖子，对司机说道：

"您看这话是怎么说的？还得把这孩子带回去吗？一大早的，这孩子就来哭闹。您呢，也来责备我。我的一番好意全泡汤了。带是带回去，不过得说好了，只能待到来年开春。这天，马上就冷了，

64

再送出去也太难为她了，我也只得忍了。可等下次天气转好的时候，就绝不能把那孩子留家里了。"

头班火车给公交班车撂下三名乘客，径自开走了。

司机端端正正地坐在驾驶座位上。姑娘的目光完全被正前方那温暖的肩膀所占有了。秋日的晨风，从那肩膀的两边吹来。

追上了公共马车。马车避到了路旁。

"谢谢!"

货车。

"谢谢!"

马。

"谢谢!"

"谢谢!"

"谢谢!"

他满怀着对这六十公里山野的谢意，又回到位于半岛南端的港口小镇。

今年是柿子的丰收年，山里的秋天，美极了!

偷茱萸果的人

风声沙沙

吹拂着秋天

小学女生唱着歌儿，走在回家的山路上。

漆树的叶子已经红了。又旧又脏的小饭馆二楼上，门窗都敞开着，仿佛不理会这阵阵秋风似的。有几个挖土工正在那儿安静地赌钱。从路上就能看到他们的肩膀了。

一个邮递员蹲在檐廊处，将大脚趾塞回到破胶鞋里去。他在等收下了小包裹的女人再次出现。

"哦，是件衣服啊。"

"是啊。"

"我也在想，该是寄夹袄来的时候了。"

"讨厌！你看你，好像对人家了如指掌似的……"

女人换上了刚从油纸包里取出的新夹袄后出来了。她跪坐在檐廊上，抚平了膝盖处的皱褶。

66

"可不是吗？寄给你的信和你寄出的信，我都看过了嘛。"

"你以为信上写的都是真话吗？那也不符合这买卖的习惯呀。"

"我可跟你不一样，不是以撒谎为职业的。"

"今天有给我的信没有？"

"没有。"

"没贴邮票的也没有？"

"没有啊。"

"脸色不对啊。我可是赊了你不少的哦。你要是当上了大臣，或许会制定出'凡是情书，无须邮票'的法律来，现在可不行啊。尽写些发馊了的糯米糖似的花言巧语。明明是自己写的信，却煞有介事喊声'喂，有邮件'就送了来。要罚款了。快拿来！我需要买邮票的钱。我可没零花钱。"

"小声点。"

"你拿来了，我就不说了嘛。"

"真拿你没办法啊。"

说着，邮递员从口袋里掏出一枚银币来，扔在了檐廊上。随后便揪着带子把皮包拖过来，伸着懒腰起身走了。

一个只穿着一件衬衫的挖土工从二楼上连滚带爬地下来了。他的五官，仿佛就是造物主在造人造烦之后给胡乱安上的。尽管这样，眼睛还挺尖的。

"钱掉了嗨。阿姐，这五十钱我借了。"

"胡说八道！你个小屁孩儿。"

女人飞快地捡起银币，立刻藏到了腰带里。

孩子们滚动铁环奔跑着，响起了阵阵秋天的声音。

一个烧炭人家的女儿，背着装满木炭的草袋子下山来了。她就像征讨鬼岛归来的桃太郎似的，扛着根很大的茱萸树枝。那树枝上结满了红彤彤的茱萸果，一眼望去，就像一棵长着绿叶的珊瑚树。

　　她是要将木炭和茱萸果当作礼物去送给村里的医生的。

　　"光有木炭就行了吗？"

　　走出烧炭小屋时，她问躺在病床上的父亲。

　　"你就说，我们除了木炭，什么都没有。"

　　"要是爹烧的木炭倒也没啥，可这是我烧的呀。拿不出手去啊。要不等爹能下地了，烧了再送去？"

　　"那么，你就去山上摘些柿子一块儿带去吧。"

　　"嗯，就这么着吧。"

　　不过，那姑娘没去偷柿子，而是下到了稻田里。田埂上茱萸果的灼灼艳红进入她的眼睛之后，就将她那颗偷柿子之心的阴暗忧郁全都驱赶殆尽了。她把手搭在树枝上。树枝只弯了一点，并未折断。于是她用双手攀住树枝拼命往下拽，仿佛要将自己挂在那上面似的。不料粗大的树枝从树干处裂开，把她摔了个屁股蹲。

　　姑娘笑眯眯地，一面将茱萸果一颗接一颗地扔进嘴里，一边朝下面的村子里走去。茱萸果的涩味儿把舌头都弄毛了。

　　小学女生放学回来了。

　　"给我。"

　　"给我。"

　　姑娘不吭声，只是笑眯眯地将珊瑚树般的树枝伸了过去。五六个孩子七手八脚地摘着那上面的红色果串。

　　姑娘走进了村子。

小饭馆的檐廊上坐着个女人。

"啊，好漂亮！这是茱萸果吧。上哪儿去呀？"

"去医生家。"

"前一阵子用山轿把医生接去的，就是你家？——这真是比红色的糯米糖还漂亮啊。给我一粒吧。"

姑娘将茱萸树枝递了过去。当树枝放在了女人的大腿上后，姑娘就放开了手。

"我可以摘下这个吗？"

"可以。"

"连带树枝全要呢？"

"可以。"

女人身上那件崭新的铭仙绸①夹袄，让姑娘吃惊不小。她脸涨得通红，急匆匆地跑开了。

女人看着比自己大腿还宽两倍半的茱萸枝丫，惊讶不已。她摘了一颗送入口中。又酸又凉。她忽然想起了自己的老家。寄来夹袄的母亲，如今也不在老家了。

孩子们滚动铁环奔跑着，响起了阵阵秋天的声音。

女人从茱萸树枝后的腰带里摸出了那枚银币，用纸包好，依旧静静地坐着，等着那个烧炭姑娘回来。

小学女生唱着歌儿，走在回家的山路上。

风声沙沙

吹拂着秋天

––––––––––

① 一种平纹粗绸，较为结实耐穿。

母亲

一　丈夫的日记

今夜我娶了老婆

女人的身体抱在怀中是多么的温柔啊

我母亲也是女人

我流着泪对新娘说

做一个好母亲吧

成为一个好母亲吧

尽管你不了解我的母亲

二　丈夫的疾病

风和日暖，或许燕子也已归来了吧。邻居的院中，木兰的花瓣如白色的小船般飘摇而落。玻璃门内，妻子正在用酒精擦拭着丈夫的身体。丈夫瘦极了，连肋骨间都生出了盗汗的污垢。

"你呀……嗯，就是一副要与病菌殉情的模样。"

"或许是吧。因为是肺病嘛。因为有虫子来啃我的心脏边缘了嘛。"

"是的。就是这样的。病菌比我更接近你的心。你病成这样，首先就得怪你太自私。你不怀好意地关闭了进入你体内的门。你要是能走路，肯定就抛下我离家出走了。"

"即便你这么说，我也不想三人——我和你，还有病菌——一起殉情。"

"三人一起殉情又有什么不好？我可不愿直愣愣地看着你跟病菌殉情。你爸把病传染给了你妈，可你却不肯把病传染给我。看来做儿子的，也未必都会学父亲的样儿嘛。"

"那是自然。因为，在发病之前，是不知道与双亲相同的病会出现在我身上的。可事实上，我又确实得了相同的病。"

"那又有什么不好呢？干脆连我都给传染上，不更好吗？这样的话，你就不会不让我亲近你了嘛。"

"我是在为孩子着想。"

"孩子？说孩子干吗……？"

"你体会不到我的心情。因为你的母亲还活着嘛。"

"偏见！你这是偏见！你要是这么说，那我就无地自容了，我恨不得去杀了我妈。——我，我要吞下你的病菌。要一口吞下，一口吞下！"

妻子大叫着对着丈夫的嘴唇直扑过来。丈夫揪住了妻子的衣领。

"你让我吞下！让我吞下！"

妻子扭动着身体，不依不饶。瘦骨嶙峋的丈夫使出全身的力气，终于将妻子摁倒了。妻子的胸口敞开了，露出了雪白丰满的乳房。

"咯——"

丈夫吐出一口鲜血，落在了妻子圆润的乳房上。

丈夫倒了下去，说道：

"那、那只奶子，就别喂孩子奶了。"

三　妻子的疾病

"妈！妈！妈妈！"

"妈妈在这里哦。妈妈还活着哦。"

"妈！"

孩子又用身体撞了一下病房的隔扇门，随后便"哇——"的一声哭了起来。

"不能放她进来！不能放她进来！"

"你真是冷如冰霜啊。"

妻子像是万念俱灰了似的闭上眼睛，将脑袋抛在了枕头上。

"我当年也像她一样，也没能获准进入母亲的病房哦。只是在隔扇门外哭。"

"相同的命运嘛。"

"命运？命运这个词儿，希望你死也别说。因为我非常讨厌。"

孩子在屋子角落里哭泣。巡夜人敲着梆子过去了。屋后传来了铁棒敲断水管内冰柱的声音。

"你不记得你妈长什么样儿了，是吧？"

"是啊。"

"你才三岁吧，你妈去世的时候。"

"嗯，是三岁。"

"那孩子也是三岁哦。"

"可我一直觉得只要再年长几岁，或许就能突然回想起妈妈的面孔的。"

"你要是看到了你母亲的遗容，就一定会记住的。"

"没有没有，我只记得我用身体撞隔扇门的事儿。要是当时我能随心所欲地见到病中的妈妈，反倒会一点事儿都记不住的。肯定是这样的。"

妻子闭了一会儿眼睛，然后说道：

"我们生在没有信仰的时代，真是不幸啊。我们生在了一个不去想象死后情形的时代。"

"说什么呢？现在，是死者最不幸的时代啊。连死者都幸福的时代，充满智慧的时代，肯定会很快到来的。"

"是啊。"

妻子净回想着与丈夫一起去远方旅行的事儿。随后又感受到了各种各样，接连不断的美丽错觉，并像刚从睡梦中醒来似的抓住丈夫的手，平静地说道：

"我呀……觉得与你结婚是很幸福的。一点也不怨你把病传染给了我。你是相信我这话的吧。"

"相信啊。"

"所以呀，那孩子长大了，要让她结婚哦。"

"我明白。"

"在与我结婚之前，你内心一定十分纠结吧。因为你会想到，自己会得跟父母一样的病，还会将这病传染给妻子，而生下的孩子以后也会得这种病。可是，这样的结合给我带来了幸福。这就行了。所以你不要让那孩子觉得结婚不好，不要让她陷入无谓的悲伤。要让她高高兴兴地结婚。这就是我的遗言。"

四　丈夫的日记

今夜我女儿睡不着觉

女人的身体抱在怀中是多么的温柔啊

我的母亲也是女人

我流着泪对幼儿说

做一个好母亲吧

成为一个好母亲吧

尽管我也不了解我的母亲

雀为媒

久已习惯于自己那独特的孤独状态的他，反倒崇尚起将自身奉献给他人的美德来了。他也懂得了"牺牲"的伟大。还对这样的感觉感到满意：自己作为将人类这一种族从过去传承至未来的一粒种子，是多么的渺小。要说起来，人类这一种族，也只不过是与各种矿物质、各种植物等一起，支撑起飘浮于宇宙之中的某个巨大生命体的一根细小的支柱罢了。因此，比起别的动植物来，也不见如何的尊贵。——对此，他也深有同感。

"怎么样？想好了吗？"

表姐在梳妆台上"滴溜溜"地转起了一枚银币。然后，"啪——"的一声用手掌将其盖住，严肃地盯着他的脸。他则从这只白嫩的小手上找到了自己那颗慵懒之心的安放之所。他朗声说道：

"反面！"

"反面？有件事得先讲好了。如果真是反面，你到底是跟她结婚还是不结？"

"就跟她结婚吧。"

"啊！——是正面！"

"是这样啊。"

"干吗这么垂头丧气的？"

表姐高声笑道。她随手扔出一张姑娘的照片，起身离去了。

表姐非常爱笑。她的笑声既爽快又悠长，会让家中所有的男人都感到莫名其妙的嫉妒。

他捡起照片来，看着那上面的姑娘。他心想，跟她结婚倒也不坏。如果能对相亲对象怀有这样的好感，那么愿意将自己的婚姻大事托付父兄去操办的姑娘，在日本应该还有许多吧。他觉得这种方式是相当美好的。同时，又意识到自己无聊透顶，变得茫然，觉得自己是相当丑陋的。

"所谓选择结婚对象，说到底，到头来还是跟抽签，跟用银币的正反面来做决定是差不多的。"

听表姐这么一说，他就决定将自己的命运托付给她那只白嫩小手下的银币了。甚至还感到了强烈的喜悦。而当他明白，那也不过是表姐在捉弄自己而已时，他就将他那孤寂的目光落在了檐廊前的水池上了。

他向池水祈愿：倘若除了那个姑娘还有能与自己结婚的女子，就让她的面容浮现在水面上吧。

他相信人类是可以透视时间与空间的。——可见他的孤寂是如此之深。

他专心致志地望着水面。这时，受神差遣的黑衣使者，飞快地进入了他的视野。——从屋顶上掉下了一对正在交尾的麻雀。雀儿们在水面上扑打了几下翅膀后分开了身子，朝着不同的方向各自飞走了。他立刻领悟了神的启示。

"是这样啊。"他嘟囔道。

水面上的涟漪渐渐归于平静。他继续专心致志地望着池水。他的内心也与那静静的水面一样，成了一面镜子。镜中十分清晰地映出了一只麻雀的身姿。麻雀鸣叫着。意思是这样的：

"你的内心彷徨不定。故而即便将现世中会与你结为夫妇的女子显形给你看，恐怕你也不信的。因此，就让你看看来世的妻子吧。"

他对麻雀说：

"雀儿啊，我要感谢你。既然我来世会变成麻雀并娶你为妻，那我就在今世与这个姑娘结婚吧。已经看到了来世之命运的人，又何必在今世犹豫不决呢？因为，来世中的美丽、尊贵的妻子，已为我今世的婚姻作了媒了嘛。"

于是他领悟了伟大的神的旨意：对照片上的姑娘予以纯洁的致意。

殉情

　　因嫌弃她而出走的丈夫，写来一信。是两年后，寄自一个遥远的地方。

　　——不要叫孩子拍皮球。我听到拍球声了。那声音叩击我的心。

　　她把九岁女儿的皮球收了起来。

　　丈夫又来一信。发信的邮局与上一封不同。

　　——不要叫孩子穿皮鞋上学。我听到皮鞋声了。那鞋声践踏我的心。

　　她把女儿的皮鞋换成一双软软的毡拖鞋。女儿哭着不再上学了。

　　丈夫又寄信来了。与第二封相隔一月，字迹令人觉得突然显得苍老。

　　——不要叫孩子用瓷碗吃饭。我听到碗响了。那声音令我心碎。

　　她像侍候三岁孩子似的，用筷子喂女儿吃饭。想起女儿三岁时，丈夫坐在身旁，其乐融融的情景。女儿擅自从碗橱取出自己的饭碗。她一把夺过来，使劲摔在院里的点景石上。丈夫的心发出破碎的声音。她陡地两眉倒竖，把自己的饭碗也摔了。不知这是不是丈夫心脏破裂的声音？她把饭桌也踢到院子里。这声音呢？她身子撞到墙上，拳头连连捶打着。接着又像长枪似的，朝纸拉门冲去，摔倒在门对过。这又是什么声音？

"妈，妈，妈——"

女儿哭着赶了过来，她"啪"地一记耳光，打了过去。哦，让你听，这声音！

如同回声似的，丈夫又来信了。信是打远处一个新地方寄来的。

——你们不要弄出一点声响来。也不要开门关门。不要喘气。家里的时钟也不许响。

"你们，你们，我说你们——"

她喃喃地念着，叭哒叭哒地落泪。于是，一切声音都归寂然。哪怕些微声响也永远不会有了。母女俩双双死去了。

说来也怪，她丈夫也并枕死在身旁。

龙宫仙女

"我的墓碑要做得比那女人的个子还高些。再让那女人抱着墓碑葬身海底！"

浑身鲜血淋漓的父亲留下了这样的遗言而一命呜呼，两个儿子便给他建造了一个十分气派的坟墓。父亲是被他那个年轻的后妻及其情夫一起动手，残忍杀害的。

前妻的两个儿子轻而易举地就将比那个女人（父仇之敌）个子还高的墓碑抬到了海边的山崖上。那是个可怕的悬崖。如果往下扔一块小石头，那么在掉入海里之前，它会变得跟芝麻粒儿一样小，并让你看得头昏目眩。

两个儿子剥光了那女人身上的衣服，用粗麻绳将她绑在了墓碑上。然后就连人带墓碑一起推了下去。女人不由自主地伸开手脚，紧紧地抱住了墓碑。墓碑就像个活物似的，哀号着滚落下去。

不料，奇怪的事情发生了。墓碑落到悬崖中途时，竟然戛然而止了。不过这也仅仅是刹那间的事儿。而后，墓碑就不再翻滚了，而是像雪橇似的，载着那女人轻快地滑了下去。

更让人惊奇的是，墓碑落到海面上时又变成一艘美丽的小船，且如同一道光似的，笔直地朝着海面疾驶而去了。

看到如此情景后，两个儿子同时朝对方猛扑过去，抱作了一团。他们大叫一声：

"父亲，请您原谅我们吧！"

随即便倒在了地上。

这时，那女人情夫跑来了。见载着女人的船快如掠过蓝天的飞燕，是任何别的船都追不上的。于是他便飞奔到女人丈夫的墓前，轻松地搬来了墓碑的基石，并抱着它跳入了大海。结果那块基石也变成了快如一道光似的小船。

情夫的船追上了女人的船。情夫说道：

"我们应该感谢那个被我们杀死的男人啊。"

"不行！不能感谢我丈夫。你一起了感谢之念，你的船就会变成墓碑的。"

女人的话音未落，情夫的小船就变成了墓碑，带着情夫的身体咕咚咚地沉向海底。

见此情形，女人说道：

"我的小船啊，你也变成墓碑吧，我要去海底追我的爱人。"

于是她就跟一条美人鱼似的，赤身裸体地抱着墓碑沉了下去。

然而，情夫却因只有他一个人沉入海底而怒不可遏，便说道：

"墓碑啊，请你变作小船，浮上我爱人的船正漂浮着的海面吧。"

由于他是向被他亲手杀死那个男人祈求的，十分灵验，所以他又开始往上浮了。

可是，之后又发生了什么呢？下沉的女人与上浮的男人，居然一不小心就在海中如此这般地错过了。最后，只有那女人沉入了海底。

她就成了龙宫里的仙女。

听她说完这个童话故事后，我就心想，看来这个女人是想跟人殉情而死了。果不其然，她与情人一起跳海了。那男的死了。而她在死里逃生之后，便"啊——！"地大叫一声，紧紧搂住了一直被她蒙在鼓里的丈夫。

后来见到我后，她说：

"跟那个故事完全一样。连结局也都是一模一样——"

冬日将至

话说那会儿他正与山寺的和尚下围棋。

"你怎么了？今天的棋特别臭，跟换了个人似的。"和尚说道。

"天一冷，我就跟草叶似的打蔫了，干什么都不行了呀。"

他已经斗志全无，连对方脸都不敢看一眼。

昨天晚上，他与女人与往常一样待在温泉旅店的别院内，听着落叶刷刷掉落的声响闲聊着。

"每年只要脚一冷，我就想要一个家。心里净空想着家庭之事。"女人说道。

"我呢，只要一临近冬天，就觉得配不上你了。配不上任何女人。这样的念头便强烈起来了。"

然而，他们之间已经无法通过语言顺畅地交流了。于是他出于辩解的目的，又加了一句：

"我只要一临近冬天，就会对求神拜佛之类的行为深感共鸣。这不是什么恭谨敬畏，只是窝囊透顶罢了。每天都想着神佛之事，觉得每天都有碗饭吃就很幸福。哪怕是一天喝一碗粥也行。"

事实上他们每天大吃大喝着，堪称奢华。只是待在这个山中的温泉旅店里无法动身而已。要是世道人心能随人所愿的话，那么他们在夏天就该有个家了——一如她四五年前失去的那个一样。六个月前，他们俩不顾一切地逃命般地来到了这里，一直躲藏至今。旅店老板是熟人，他什么都没说，便将他们安置在别院的一个房间里。可不会挣钱的他们俩，也只能这么待着，无处可去。其间，不知从什么时候起，他已经厌倦了那个叫作"希望"的玩意儿，而以宿命论者的眼光来看待一切了。

"怎么样？把地炉烧起来，再下一局？"

好吧，看我这回好好地杀你。——他念头刚这么一转，就看到和尚十分无礼地将一枚棋子打入了他眼皮底下的一个角上。这个乡下初段的和尚，打角是他拿手好戏，每每令棋力较弱的对手难以招架。果然，他一下子就斗志全无，浑身跟泄了气儿似的。

"怎么？这一手的应着，昨晚做梦没做到吗？这一手可是能决定生死的啊。"

然而，他却漫不经心地随手应了一着。和尚哈哈大笑。

"好你个白痴。就这么一手三脚猫的功夫还想报仇？"

于是那个角上就被收拾得七零八落了。到了终盘的收官阶段，也被和尚连抢先手，而他只能狼狈不堪地穷于应付。可就在这当儿，电灯熄灭了。

"哇哈哈哈，这手可真绝啊。超过祖师爷了。真是神通广大，祖师爷见了也得落荒而逃啊。我服了。哪里是什么白痴？哎呀呀，我真的服了。"

说完，和尚便在黑暗中站起身来，找蜡烛去了。而这一偶然事件也终于让他痛痛快快地笑了起来。

"这一手昨晚没梦见"啦"白痴"之类的话，是他们俩下围棋时的口头禅。源自他听和尚说起的这所寺庙的开山祖师的传说。

这所寺庙建于德川时代，开山祖师是一位武士。该武士的孩子是个白痴。藩中的国家老① 侮辱了他的孩子。他刺杀了家老并杀死了自己的孩子后，就离开了藩国。潜伏在离藩国七十里② 的这个温泉乡时，他做了个梦。在梦中，他正在离此温泉乡一里左右的山中瀑布下打坐。忽然，家老的儿子出现了，并挥刀从他的左肩斜向砍入，将他砍死了。醒来后，他只觉得毛骨悚然。这真是个不可思议的怪梦啊。首先，他从未想过要去瀑布底下打坐。再说，自己也不至于傻到看到眼前白光闪烁，还坐在那里一动也不动吧。事实上他的剑术与藩里的教头，虽说流派不同，可功夫是不相上下的。即便是遭遇偷袭，也绝不会被家老的儿子一刀毙命的。可是，也正因为是难以置信的事情，这个梦反倒令他坐立不安起来了。莫非这就是自己命中注定的吗？如果说生出白痴孩子来是命中注定的，那么在瀑布被人一刀毙命也可能就是自己的宿命啊。这个梦，莫非就预示了自己的如此宿命？要真是这样，那么这个梦不就是灵梦了吗？于是他就在这个不可思议的梦的诱惑下，去了瀑布那儿。

"好吧。我要与命运抗争！我要改变自己的命运！"

从那天起，他就开始每天都往瀑布那儿跑了。他庄严地坐在岩石上，任凭瀑布冲刷着全身，并做着白日梦。在此梦中，他不断地

---

① 日本江户时代在大名家中统管藩政的重臣。有常驻江户的江户家老和常驻藩国的国家老之分。
② 此指日里。1日里相当于3.927公里。

看到有白刃之幻影从自己的左肩砍下。他必须避开此幻影。必须让此幻影之剑砍不中自己的左肩而砍到岩石上去。就这么聚精会神地修炼了一个来月之后，他终于让幻影之剑砍到了石头上。他为此而欣喜若狂。

自不消说，梦幻中的事情后来在现实中也真的发生了。但无论是家老儿子的自报家门，说什么要替父报仇，还是大骂他卑鄙无耻，他都不为所动。只是闭着眼睛端坐着，神游于无我之境。在瀑布那哗哗的水声中，他早已没了自我。然而，尽管他双眼紧闭，却看到了幻影之白刃的闪烁。结果当然是，家老儿子将长刀砍在了岩石上，震得双臂发麻。就在此时，他猛地睁开双眼，喝道：

"好你个白痴！就凭你学的这三脚猫剑法，斩得了天地众神吗？在下已向天地之精灵求得了避开你这一刀的法门。在下已与天地之力相通，令此命运之剑偏离了三寸。"

"好你个白痴！"——跟他讲了祖师爷故事中的这话后，和尚时常会摇晃着大肚子，纵声大笑。

和尚拿着蜡烛回来了。可是，他却要告辞了。和尚便将蜡烛放入灯笼里，将他一直送至山门。月光皎洁，寒气逼人。山野苍茫，灯火全无。他望着起伏的群山，说道："月夜真正的妙处，我们已经无法领略了。若非没有灯火的远古之人，恐怕是无法领略月夜真正的妙处的吧。"

"是啊。"和尚也眺望起群山来，并说道，"前一阵子进山去，听得鹿儿在一个劲儿地叫。想必是交配期到了吧。"

"那么，我自己的雌鹿呢？"他暗自寻思着走下了山门下的石阶。

"恐怕还是跟往常一样，曲肱为枕，躺在被子上吧。"

近来女侍都是早早地就来给他们铺好床。可是，他却不肯钻入被窝。嫌钻被窝太麻烦，就曲肱为枕地躺在被面上，并将脚缩在棉睡衣的下摆里。结果这一毛病也传染给了她。于是每天晚上从一入夜起，两人就以同样的身姿呆呆地躺在被面上，并且谁也不看谁。

走出山门时，女人的那副模样便如同命运般地浮现在了他的眼前。他心想，难道我就不能改变一下命运吗？

"你给我起来好好坐着！"他在心中命令道，随即又"嘿！"地吆喝了一声。

灯笼一阵乱晃，他的眼皮感到冬日将至之夜的寒意。

灵车

义妹——或许这么做是多余的吧，但我最终还是决定要将我不叫芳子为妻子这件事告诉你。从义妹这个称呼上，你尽可以感受到针对我的讽刺意味儿——这位义妹死了。这事儿想必你已经知道了吧。虽说情人死了是没人给报丧的，可即便是你这样的人，也总还是能够感觉得到的吧。因为，这位义妹临死之前去看过你的。按理说，应该是你来看她的。躺在病床上快死了的义妹，非常想见你一面。尽管与你相距遥远，可她的这一心念还是能传达给你的。可你没来。倘若你觉得反正她已动弹不得，且不久于人世了，只要置之不理一切都会烟消云散的，于是就不来看她，那你可就大错特错了。其证据就是，由于你没来，结果义妹去见你。让一个濒临死亡的生命付出让自己人格分裂的精神代价去见你，实在是一件应受到良心谴责的卑鄙的事情。这一点，你给我好好记着！今后，已死了的义妹如果想见你，也会去见你的。因为，如果她想要得到你的爱，不管你怎么样她也要得到的。同样道理，如果她要恨你，也绝对不会与你商量的。

从很早的时候起，你似乎就对于偶然之事太不放在心上了。像是忘记了自己在不久之后就会死去了似的。因此，我想告诉你一件给义妹办丧事时发生的事情。不过，在此之前，我还想写一件有意思的事情。义妹死后不久，在寻找供奉在佛坛上的她的照片时，我们只找到近年来她与你两人拍摄的照片。有人说，把照片从中间剪开不就行了吗？我却主张还是原封不动地将双人照供在牌位前比较好。首先，剪成两半后就不太好放入镜框了，所以最后决定用黑丝袖章将双人照中你的部分遮住。当然，为了不让人看出是双人照，还用丝带巧妙装饰了一下。若要对此作善意的解释，那就是，正如近年来她只和你拍了一张照片一样，义妹的存在也如同这张照片一样。因此，既然你与她的缘分是如此之深，那就请你穿上丧服陪伴在义妹的亡灵旁吧。事实上，她父母对你的恶意，也因女儿死去而锋芒不再了。甚至说，早知如此，还不如当初就让女儿嫁给你的好。可是，我却不这么认为。我觉得你们还是不结合的好。因为，事实上义妹没跟你结合。这个理由尽管非常简单，却是无比正确的。基于同样的理由，我还觉得义妹还是死了得好。

还有一件事，是发生在葬礼当天的。想必你也知道，从义妹的家前往火葬场，是必须从大桥附近的铁路高架桥下穿过的。然而，就在灵车要通过那儿的时候，前后的汽车上"噼里啪啦"地跳下来好多个助手，他们压住了灵车的四个角。原来是灵车顶上的装饰物太高，会碰到高架桥的。就在此时，一列火车发出凄厉的声响从上面驶过。车窗内，有一张白色的脸正看着我们。那就是你。我觉得你即便没收到义妹葬礼的通知，肯定也受到了什么暗示。那是一趟三月十四日四点十三分从 W 站发出的列车。

我向你汇报这些事，也不仅仅是为了恶心你。我也没想过将你的照片一起供奉在佛坛上是为了葬送你与义妹的恋情，或要你跟随义妹到墓穴里去。可尽管如此，当我看到人们在那张照片前流泪、合掌、烧香，我还是觉得相当滑稽。因为他们根本不知黑丝带下还有个你呢。人啊，就是这样，有时在礼拜死者的同时，连生者也一起礼拜了。或者在眺望生者的同时，也眺望了其背后的死者。正如你漫不经心地透过火车车窗眺望汽车时，不料它竟是你情人的送葬行列。

上帝的存在

　　黄昏降临后，山脊旁的一颗星星如瓦斯灯一般明亮，令他惊诧不已。这么大，离得这么近的星星，是他在别的地方从未看到过的。在此星光的照耀下，他感到十分寒冷。于是就像一只狐狸似的沿着铺满白色小石子的道路一溜烟地跑了回去。四周安静极了，连每一片落叶都纹丝不动。

　　跑进浴室，跳入温泉，用温暖的湿手巾捂住脸蛋后，那颗冷冰冰的星星才从他脸上掉了下来。

　　"天冷了。您要在这儿过年了吗？"

　　抬头一看，原来是经常来旅馆的，鸡肉火锅店的老板。

　　"不，我正打算翻过山往南边去呢。"

　　"南边好啊。三四年前，我们也是在南边的，所以一到冬天，就想着要去南边呢。"

　　火锅店老板嘴里这么说着，眼睛却不朝他这儿看。可他却一直在偷看这个火锅店老板的不可思议的动作。只见他跪在温泉中挺直了身子，正在给坐在浴池边上的妻子洗胸脯呢。

年轻的妻子像是要贴紧丈夫似的挺着胸，看着他的脑袋。瘦小的胸脯上隆起两个白色酒杯似的小乳房。由于疾病，她一直保持着少女的身形。这乳房正是她清纯、稚气之象征。她那婀娜如柔草的身体，令其美丽的面容更像一朵花儿了。

　　"我说客人，您这是第一次去山南边吗？"

　　"不，五六年前去过一次的。"

　　"哦，是这样啊。"

　　火锅店老板一只手搂着妻子的肩膀，另一只手给她冲洗着胸前的肥皂泡沫。

　　"山口的茶店里有个中风的老爷子，是吧？不知道现在还在不在了。"

　　话出口后，他立刻就意识到自己说错话了。因为，火锅店老板的妻子，像是手脚不灵便的。

　　"茶店的老爷子？——那是谁呀？"

　　火锅店老板回头朝他看了过来。他的妻子漫不经心地说道：

　　"那个老爷子，三四年前就去世了。"

　　"哦，是这样啊。"说着，他首次看清了她的脸。

　　"啊——！"他大吃一惊，赶紧转移开视线，并用手巾捂住了脸。

　　（就是那个少女。）

　　他真想隐身于黄昏时分的水蒸气之中。他的良心为自己的赤身裸体而感到羞愧。因为她正是他五六年前去山南旅行时，伤害过的那个少女。这五六年来，他一直因这个少女而受到良心的谴责。不过他的感情却一直在做着遥远的梦。不管怎么说，在浴池中不期而遇，这样的偶然也太过残酷了。一会儿他觉得有些喘不过气儿来，

92

就把手巾从脸上拿开了。

火锅店老板这会儿已不跟他搭讪了。他从浴池中上来后，转到妻子的身后。

"来，下去泡一泡吧。"

他妻子稍稍张开了一点尖尖的胳膊肘。火锅店老板从肋下将妻子轻轻地抱了起来。他妻子像一只聪明的小猫似的缩起了手脚。她浸入水池搅起的涟漪，轻轻地舔着他的下巴。

随即，火锅店老板也跳进了浴池，开始手忙脚乱地往他那颗多少有些谢顶的脑袋上泼热水。他偷眼瞧了她一眼，见她皱着眉头，紧闭双眼，像是热水已经渗入其身体内部似的。她那一头还是少女时就令他惊叹不已的浓发，这会儿却像一件过于沉重的装饰品似的，倾颓在一侧，失去了应有的容姿。

这是个大得可以游泳的浴池，故而她似乎并未察觉到浸泡在角落里的他到底是什么人。他在内心祈求着她的宽恕。因为，她之所以会得病，或许就是他的罪过。她那可悲的白色身体，正在他的跟前诉说着：就是因为你，我才变得如此不幸！

火锅店老板异于常人地爱抚着手脚不便的年轻妻子这事儿，已在该温泉乡传为美谈。由于妻子有病，所以这个四十来岁的男人每天都背着她来洗温泉，人们都将此看作一道风景。而他一般都去村里的公共浴室洗澡，不来旅馆的浴室，故而不知道火锅店老板的妻子就是那个少女。

一会儿过后，火锅店老板就像是忘了浴池里还有个男人似的，先是自己跳出浴池，然后将妻子要穿的衣服一件件地摊开在了浴室的台阶上。从内衣到外褂，一应俱全，且一层层地将袖子全都套好，随后便将妻子从浴池中抱了起来。他妻子是背对着他的，却也跟刚才那样，像一只聪明的小猫似的缩起了手脚。圆圆的膝盖头就跟戒指上的蛋白石似的。火锅店老板让妻子坐在台阶上的衣服上后，仅用一根中指抬起她的下巴，给她擦干了喉咙，并用梳子替她将鬈发都梳了上去。最后，如同花瓣包裹花蕊似的，用衣服严严实实包裹住了她那赤裸的身体。

给妻子系好腰带后，火锅店老板便轻手轻脚地将她背了起来，沿着河滩回家去了。此时的河滩上，已洒满了明亮的月光。远远望去，火锅店老板那两条围成半圆形的粗壮的胳膊下面，他妻子那两条白皙的，晃动着的腿，显得那么的瘦小。

目送着火锅店老板的背影，他不禁潸然泪下，温热的眼泪"啪嗒啪嗒"地落入池水。不知不觉间，他在内心深处嘀咕道：

"上帝是存在的。"

他明白了：原先那种以为是自己令她不幸的想法是错的。

他明白了：这是一种不知天高地厚的想法。

他明白了：人是无法令他人不幸的。

他明白了：自己想要祈求她宽恕的想法也是错的。

他明白了：因伤害了别人而居于高位的人向因遭受伤害而居于低位的人祈求宽恕的想法，其实是一种傲慢。

他明白了：人是无法伤害他人的。

"上帝啊！我在您面前一败涂地了！"

他倾听着"哗哗"的溪流声，仿佛自己也在那声音上随波逐流似的。

帽子事件

那是一个夏天。每天早上，上野不忍池中的莲花花蕾都会发出悦耳的声响并粲然绽放。

事情发生在某个夜晚，地点则在横跨池塘的观月桥上。

桥栏杆上靠着一连串乘凉的游客，就跟用线穿起来的念珠似的。当晚刮的应该是南风。然而，就连大街上那些卖刨冰的轻便小屋上的暖帘也全都耷拉着，一动也不动。即便如此，池面上也依旧微风习习，好让二尺来长的锦鲤看到映在池中的月亮。不过若要说去掀翻那些沉重的荷叶，这点风力还是远远不够的。

再说这乘凉客之中，也是有老主顾的。他们熟悉风道。一般，他们一上桥就飞快地来到风道处，跨过铁栏杆来到桥的外侧。然后脱下木屐，摆好后，就一屁股坐那上面。随即又摘下帽子，或搁在大腿上，或放在身边。

霓虹灯广告倒映在南边的池塘里，波光粼粼的，煞是好看。

95

宝丹 ①

布尔德瑞 ②

宇津救命丸

狮派牙膏

却说有几个工匠模样的乘凉客正起劲儿地聊着这事儿。

"就连霓虹灯的字儿也是宝丹的最大。人家不愧是老字号啊。"

"人家的总店不就在那儿嘛。"

"近来,连宝丹也不景气了。"

"不过,在那类药里面,还得数宝丹最好啊。"

"真那么灵吗?"

"灵着呢。仁丹什么的,全靠广告吹的嘛……"

就在这时,有人大叫了一声:

"啊呀,糟了!"

只见八九米开外,有个小伙子双手撑在桥栏杆上正往下瞧呢。水面上,则漂着一顶用麦秸秆做的草帽。

那边的乘凉客发出了一片轻微的嘲笑声。掉了帽子的小伙子则涨红了脸,正准备开溜。

"喂!喂!说你呢!"

突然响起了一个十分严厉的声音。随即,说话人就一把揪住了掉了帽子的小伙子的衣袖。

---

① 当时的解毒剂品牌。总店就在东京都下谷区的池之端仲町。
② 大正五年(1916年)上市的补血强壮剂。出自株式会社藤泽友吉商店(今藤泽药品工业之前身)。

"捡起来不就行了吗？并不费事嘛。"

掉了帽子的小伙子吓了一跳，回头看了看这个瘦瘦的男人，立刻用苦笑掩盖了自己的窘相，说道："算了。这样子就能再买顶的新的了，反倒更好些。"

"为什么？"

语调十分尖刻。

"不为什么呀。这是去年买的，已经旧了。差不多是该买一顶新的了嘛。再说，一掉进水里，麦秸秆都泡胀了。"

"趁它还没被泡胀的时候捡起来，不就行了吗？"

"我想捡也没法捡呀。算了，算了。"

"怎么会没法捡呢？像这样，手攀着桥边，身体吊下去，脚不就能够得着了吗？"

说着，瘦男人把屁股撅到池面上，摆出了一个挂在桥上的姿势。

"我在上面抓住你的一只手。"

瘦男人摆出的姿势惹来了一片笑声。有三四个人走上了前来。他们对掉了帽子的小伙子说道：

"我说，你赶紧去捡吧。给这池水戴草帽，它也不受用嘛。"

"就是这话。池子这么大，帽子这么小，顶什么用呢？给猫咪小判①，给池塘戴帽子，真是的。还是捡起来的好啊。"

掉了帽子的小伙子对着越聚越多的看热闹的人，不无敌意地说道：

"捡起来也没用呀。"

---

① 日本谚语。小判是古代一种金币。该谚语有把东西送给不识货的人的意思。

97

"先捡起来再说嘛。要是没用了，也还可以送给叫花子的嘛。"

"要是一开始就落在叫花子头上就好了。"

这话又引起了一阵大笑。可在笑声中，那个瘦男人又厉声喝道：

"这么磨磨蹭蹭的，帽子可就要漂走了！"

说完，他就一只手握住铁栏杆，一只手伸向水面。

"来吧。抓住我这只手……"

"真要捡起来吗？"

掉了帽子的小伙子，像是在说别人的事儿似的问道。

"当然要捡起来。"

"那就……"

掉了帽子的小伙子就脱下了木屐，做好了准备。

"紧紧地抓住我的手！"

看热闹的人全都颇觉意外，连笑声都一下子停止了。

掉了帽子的小伙子用右手抓住了那个瘦男人的一只手，左手攀住了桥的外侧，将两脚沿着桥桁滑下去。整个人就那么挂着了。脚能够着水。他将浮起的帽顶夹在两脚之间，随即又用脚趾夹住了帽檐。然后，使劲儿抬起右肩，让左胳膊肘搁在桥的外侧边缘上，再猛拽右手。

就在此时，但见水花溅起，"扑通"一声小伙子沉入了池中。

原来，攥着小伙子右手的那个瘦男人，突然松开了手掌。

"啊！"

"掉下去了！"

"掉下去了！"

"呱嗒呱嗒"跑来看热闹的人们拥挤不堪，嘴里还这么嚷嚷着。

可他们又被后面赶来的人推搡着，结果"扑通""扑通"地不断有人落水。

一片闹哄哄的喧嚣之中，唯有那个瘦男人笑声清晰可闻。

"咯咯、哈哈哈、咯咯、哈哈哈……"

他一边发出怪异的笑声，一边像一条黑狗似的，趴着身体奔向黑暗的街区。

"他逃跑了！"

"混蛋！"

"是个小偷吧。"

"肯定是个疯子！"

"不会是个警察吧。"

"……"

"……"

"是上野山上的天狗。"

"是不忍池中的河童。"

合掌

一

涛声高涨。他拉起了窗帘。海面上依旧是渔火点点。然而，看着似乎比刚才更远了。并且，海面上也像是起雾了。

他回头朝床上望去，咯噔一下心就凉了。因为，床上仅平铺着一块雪白的床单。

莫非新娘子的身体完全陷入床单下柔软的褥子里了？床上连一点隆起的地方都没有，只有她的头，还好好地搁在枕头上。

直愣愣地望着她的睡姿，不知为何，眼泪静静地淌了下来。

白色的床铺，犹如掉落在月光中的一张白纸。拉开了窗帘的窗，突然变得可怕起来。于是他放下了窗帘，走到了床边。

将胳膊肘撑在枕头上方的装饰物上，仔细端详了一阵新娘子的脸之后，他就双手抚摸着床腿滑落下去，双膝跪地。他将脑袋顶在圆圆的铁制床脚上。金属的冰凉，渗入了他的头颅。

静静地合掌。

"啊呀，真讨厌！你这不是把我当作死人了吗？"

他嗖地站起身来，脸涨得通红。

"你醒着呐。"

"根本就没睡着。净做梦了。"

新娘子挺起弓形的胸脯看着他。雪白的床单活动了起来，带着暖意高高隆起。他轻轻地拍了拍床单。

"海上起雾了。"

"刚才的那些船全都回去了吧。"

"还在海面上呢。"

"不是起雾了吗？"

"雾很淡，估计不碍事儿吧。我说，你还是睡觉吧。"

说着，他把一只手放在雪白的床单上，将嘴唇凑了过去。

"真讨厌！我一醒过来你要干这事儿，一睡着就当我是死人。"

二

合掌是他自幼养成的习惯。

他双亲早逝，小时候与祖父二人居住在一个山中小镇上。祖父是个瞎子。祖父经常将孙儿领到佛坛前，然后摸索着孙儿的小手让他合掌，并将自己的手掌也贴上去，双重合掌。孙儿心想：好凉的手啊。

孙儿不断长大，脾气却越来越犟。时常无理取闹，令祖父焦头烂额。每当这时，祖父就去将山寺中的和尚叫来。只要和尚一到，孙儿立刻就不闹了。这其中的道理连祖父也不明白。而和尚来了以后也只是端坐在孙儿的面前，摆出庄严的合掌姿态而已。看到和尚合掌，孙儿就会感到后背发凉。等和尚回去后，孙儿也会静静地面朝祖父合掌。双目失明的祖父自然是看不见的。他只是徒然地睁着发白的眼睛。然而，孙儿这时却觉得内心被清洗了一遍似的，十分爽快。

如此这般，他就渐渐地相信合掌的威力来了。与此同时，失去了亲人的他受到了许多人照顾，也对许多人犯下了罪行。然而，出于天性，有两件事他是做不来的。一是当面致谢，二是当面求饶。于是他在别人家里等睡觉等得不耐烦时就合掌。每天晚上都合掌。他相信这种方式能代替语言，将自己的心意传达给对方。

三

梧桐树荫里，石榴花如灯火般绽放着。

一会儿过后，鸽子从松树林回到了书房的屋檐下。

又过了一会儿，在此梅雨季节少见的晴天里，月光的足迹在夜风中摇晃了起来。

从晌午到入夜，他一直一动不动地在窗前这么坐着。并且还合着掌。他的妻子匆匆地留下一张便条后便逃到从前的恋人那儿去了。他正祈祷着，要将妻子唤回来。

他的耳朵越来越灵了。能听到一公里开外火车站副站长吹响的笛声了。他听到远处无数人的脚步声如同阵雨一般地渐渐逼近。接着，妻子的形象出现在了脑海之中。

妻子出现在了他已注视了半天的，发白的道路上——正款款走来。

"喂！"

他拍了拍妻子的肩膀。

妻子呆呆地看着他。

"你终于回来了。回来就好啊。"

妻子倒在他身上，眼皮蹭着他的肩膀。

他平静地走着，说道：

"你刚才坐在车站的长凳上，咬着阳伞柄，是吧。"

"啊呀，你看到了？"

"看到了呀。"

"你没喊我？"

"没有。我是从家里的窗口那儿看到你的。"

"真的？"

"看到了，所以出来接你的呀。"

"啊，好吓人啊。"

"只是觉得吓人吗？"

"不是的。"

"你动了再回家一趟的念头，是在八点半吧。就连这个我也知道的。"

"啊，够了。——我已经死了。我想起来了，我嫁过来的那天晚上，你就像对待死人那样对我合掌膜拜，是不是？那会儿，我就死了。"

"那会儿？"

"我哪儿也不去了。对不起。"

可是，他心中已经升起了一个欲望，为了试验一下自己的念力，他要通过合掌与世上所有的女人行夫妇之事。

屋顶上的金鱼

千代子的床上，枕头旁安了一面带装饰框的镜子。

每天晚上解开头发将脸颊埋在白色的枕头里后，她都会静静地望着这面镜子。于是，镜中便会浮现出三四十条狮子头金鱼来，就跟沉在水缸里的红色人造花似的。有时，同金鱼一起出现的，还有一弯明月。

不过，这月亮可不是透过窗户照到镜子上的那个，而是落在屋顶花园里的水槽中的月影。这面镜子，就是个迷幻银幕。因此，她的精神因她那明锐的视觉而像留声机的针尖似的不断地被磨损着。因此，她不能离开这张床，只能在床上阴沉抑郁地不断变老。只有铺开在白色枕头上的黑发，一直保留着充沛的活力。

一天夜里，一只蚁蛉悄悄地爬上了镜子的红木边框。她跳起身来，猛烈地拍打着父亲卧室的房门。

"爸爸，爸爸，爸爸。"

她用苍白的手拽着父亲的衣袖，拉着他跑上了屋顶花园。

水槽中，有一条"狮子头"翻着个怀了怪胎的肚子，浮在水面上，死了。

"爸爸，对不起。您能原谅我吗？啊，您能原谅我吗？我是连晚上都不睡觉地看着它们的呀……"

父亲没吭声，只是巡视着那六个棺材似的水槽。

父亲在屋顶花园建了水槽开始饲养金鱼，还是从北京回来以后的事情。

他曾与一个小妾长年住在北京。千代子就是那个小妾生的。

回到日本时，千代子已经十六岁了。那是个冬天。陈旧的日本式房间里胡乱堆放着从北京运回来的桌子、椅子。同父异母的姐姐在椅子上坐着。千代子则跪坐在她跟前的榻榻米上，抬头望着她。

"我马上就是别人家的人了，所以也就无所谓了，可你不是父亲的亲生女儿哦。你既然来到这个家里，来伺候我的母亲，就不要忘记这一点。"

千代子吃了一惊，耷拉下了脑袋。姐姐将双脚搁在了她的肩膀上，想用脚背抬起她的下巴来。她抱着姐姐的脚哭了起来。姐姐趁机将脚滑进了她的怀里。

"啊，真暖和。脱了我的布袜，焐暖我的脚。"

她哭着解开了怀中姐姐脚上布袜的搭扣，将冰冷的脚抱在自己的乳房上。

没过多久，日本式的房屋就被改造成西洋式的住宅了。父亲在屋顶花园并排安置了六个水槽，养起了金鱼，并且从早到晚，一直都待在屋顶上了。有时，他会从全国各地邀请来饲养金鱼的专家。有时，也会带着金鱼跑出四五百公里，出远门去参加什么金鱼大赛。

也不知从什么时候起，照料金鱼就成千代子的活儿了。于是她就在忧郁日深的同时，一个劲儿地看着这些金鱼。

她母亲在回日本后与他们分居的同时，就发了严重的歇斯底里症。症状平稳下来后，就变得沉默寡言了。她那美丽的身体轮廓依然与在北京时一般无二，可她的肤色却陡然变黑，黑得瘆人了。

许多出入父亲这个家的年轻人，都表示想成为千代子的恋人。她则对他们说：“去抓些水蚤来。我要用来喂金鱼。”

“哪儿有啊？”

“去水沟里找一下不就行了吗？”

然而，她就这么每天晚上都看着镜子，阴沉抑郁地不断老去，转眼就到了二十六岁了。

父亲死了，装着遗嘱的信封被打开了。

“千代子不是我的孩子”——遗嘱上如此写道。

她跑进了自己的卧室，她想大哭一场。可看到了枕边的镜子，就“呀——！”地大叫一声冲进了屋顶花园。

只见她的母亲一脸黝黑地站在水槽旁——不知道她从哪里来，也不知道她是什么时候来的。

她大口大口地咀嚼着“狮子头”！大大的金鱼尾巴就跟舌头似的耷拉在下巴上！看到了自己的女儿也只当没看见，继续大口大口地咀嚼着金鱼。

“啊，爸爸！”

女儿大叫着殴打母亲。母亲倒在了装饰用的彩瓦上，死了——

嘴里还衔着金鱼。

　　从此，千代子就从父母亲那儿解放出来了。她恢复了年轻与美丽，奔向了自己的幸福生活。

金钱路

这事儿发生在大正十三年①九月一日。

"喂，阿婆，差不多该动身了。"

聪明的乞丐阿健（健太）说着，从刨花中拖出一双破烂不堪的军靴来。

"我说，洋人的神仙你知道吗？就是会在你睡着的时候往你鞋子里放福气的那个神仙。每年年底，不是哪家商店都晃晃悠悠地挂着袜子卖吗？就因为他呀。"

阿健一面说，一面将军靴倒过来，"砰砰砰"地拍打着灰尘。

"要是这玩意儿里都塞满了银币，会有多少呢？一百块？一千块？"

然而，阿婆直愣愣地靠在泥土未干的粗坯墙上，只顾着把玩着一柄红色的梳子。

----

① 即1924年。

"该是个年轻姑娘吧。"

"说什么呢?"

"丢了这柄梳子的人啊。"

"那还用说? 当然是年轻姑娘了。"

"十六七吧。你见过的吧。"

"别介。阿婆,你又在想死去的女儿了吧。"

"今天正是她的周年忌嘛。"

"所以我们要去服装厂遗址嘛。"

"到了服装厂,我要把这柄梳子给女儿供上。"

"行啊——不过,阿婆,想女儿当然也可以,可你就不想想自己年轻那会儿的事儿吗? 昨晚我回来后一上二楼,刨花里就跳出一对男女来。他们待过的地方可真暖和啊。我就睡在那暖和的地方,等你前来呢。可你呢,捡了柄红梳子,就知道哭。我跟你一起讨饭也有一年了吧。我一直在想,怎么着能让你年轻一点,然后就做夫妻。哪怕一次也行,死了也值啊。你知道吗? 前一阵子,灾后重建的房子里,这儿那儿的,到处都有年轻人躲在里面幽会呢。再说了,我还没到五十呢。"

"可我已经五十六了呀。死去的老公还比我小两岁呢。我做过一个梦,梦见在服装厂死去的人们,成千上万的,排着队,正在过一座长长的桥呢。极乐世界像是十分遥远啊。"

"那么,我们就一起去吧。今夜能喝到甜酒的哦。到了那边,我把左脚上的鞋子借给你。因为右脚的我已经穿顺了。"

阿健跂拉着肥大的军靴站起了身来,又给阿婆掸了掸腰上的刨花。

阿婆的家人在去年九月一日的大地震中，全在服装厂里烧死了。

于是阿婆就被收容进了市政府设在浅草公园里的简易窝棚。

原本就以浅草公园为老巢的聪明的乞丐阿健，也趁着地震后的混乱劲儿，假装灾民，领到了衣物与食品的配给。而他们这些叫花子被人从简易窝棚里赶出来时，阿健跟孤身一人的阿婆已经很谈得来了，于是阿婆把他认作是自己的小叔子。可是，市政府不可能总是给有劳动能力的男人提供食物，而且他也做惯了乞丐了，所以三个月之后，他就离开了政府的救护所。

可即便这样，阿婆也没跟他分开。因为在不知不觉间，她已经变得必须与他一起相依为命了。在此之后，他们俩就一起以乞讨为生。当时，东京的一半地区都在重新建造房屋，为了在夜里有个遮风避雨的栖身之所，他们就在这些房屋间一幢幢地轮着住。

这一天，服装厂遗址来了敕使。总理大臣、内务大臣还有东京市长都在祭奠仪式上念了悼词。就连外国大使们也都送来了花圈。

到了十一点五十八分，所有的公共交通全都停运一分钟，全体市民统统默哀。

来自横滨的蒸汽船从隅田川的各个岔口驶入，往来于服装厂的岸边。各汽车公司争相在服装厂设立临时站。各宗教团体、红十字医院、基督教女校等，也都来会场设立了救护队。

图片明信片公司纠集了一批流浪汉，派他们偷偷兜售地震惨死者的照片。电影公司的摄影师扛着高高的三脚架到处乱窜。做钱币兑换生意的排成了行，将参拜者的银币兑换成用作功德钱的铜币。

青年团团员身穿制服沿街警戒着。从吾妻桥东到两国桥东的简易窝棚区，家家户户都拉起了供人凭吊的围障，并用清水、牛奶、饼干、白煮蛋、刨冰来招待前来参拜的人们。

在此去年大悲剧之尾声的大舞台上，阿健在数万之多的人群的推搡下，紧紧地抓着阿婆的胳膊，像是要将她提溜起来似的。到了裹着黑白布的白木搭起的高大门楼前，他就飞快地脱下了左脚上的军靴并让阿婆穿好。

"把右脚上的草鞋脱掉。喂，非得打赤脚才好呢。"

人们摩肩接踵，随波逐流地在两边用木桩拦起的路上，朝着纳骨堂的正面缓缓行进。而滚滚的人头前面，竟然下起了黑色的阵雨。

"快看！阿婆。看那儿！阿婆。那都是钱啊。是钱雨啊。"

等到能看到花圈和毒八角①的供花所形成的很大的树林时，就突然觉得脚底发凉。是钱！

"啊，好疼！"

"真疼！"

人们缩起了脖子。是钱。脚下全是铜币、铜币，甚至银币。铺满了钱。人们都在钱上面走着。纳骨堂前面的白棉布上堆起了一座钱山。那都是因拥挤不动而等不及走到前面的人们从后面抛过去的钱。怪不得从后面看来，那些钱像是冰雹似的落在人们头上呢。

"阿婆，怎么样？懂了我的妙招了吧。好好干！拜托了！"

阿健的嗓音都发颤了。他用左脚的脚趾夹起钱来放到肥大的，穿在右脚上的军靴里，忙了个不亦乐乎。

---

① 又称大茴香。树枝可用于佛事。可栽种于墓地。

这条金钱铺就的道路，越接近纳骨堂，钱币就越厚。到后来，人们已经是在离地一寸高的地方行走了。

拖着沉重的军靴，他们安然无恙地逃到一片荒寂的大河岸边。等他们在生了锈的铁皮屋顶下蹲了下来，这才惊讶地发现那儿聚集着许多的人与船，热闹得就跟两国那儿举办焰火大会似的。

"啊啊，我真是死了也值了。铺满钱的路也走过了嘛。啊，罪过，真是罪过啊。就跟走在地狱里的针山上似的，我的腿都直发抖啊。"

与脸色苍白的阿健相映成趣的是，阿婆的脸颊倒是红彤彤的，像是年轻了许多。

"我像个姑娘家似的，心头怦怦直跳啊，阿健。走在银币上的感觉真好啊。就跟被好男人咬着脚底心似的。"

阿婆脱下了左脚上的军靴，阿健探头看了一下惊叫道：

"啊呀！阿婆，你捡的尽是银币啊！"

"那还用说。谁傻不拉叽地去捡铜币呢？你说是不是？"

"嗯，厉害啊。"

阿健仔细端详着阿婆，说道：

"要不说我就是个讨饭的命呢——在挤得连自己的腰带都看不见的人群里，哪还分得清银币和铜币啊。我的脚踩不了钱。才捡了十枚脚就抽抽了。看来到了节骨眼上，还是女人豁得出去啊。"

"说什么呢？还不快数数。"

"五毛，六毛，八毛，九毛，一块四毛——二十一块三毛，还有很多呢。"

"我说，阿健，这柄梳子一直藏在怀里，忘了给女儿上供了。"

"你女儿得不到超度了。"

"让河水带给她吧。放在这靴子里，让它漂走吧。"

阿婆像个姑娘家似的，奋力挥动手臂，将靴子扔进了大河。

"数钱的活儿，明天再干也成啊。阿健，去买点酒，买条鲷鱼 ①吧。今夜我要做新娘了。听明白了吗？阿健。愣着干嘛？小冤家。"

阿婆的眼里波光闪动，十分奇妙，十分妩媚。

红色的梳子从咕咚咚往下沉的靴子里浮了上来，在大河中静静地漂走了。

---

① 因其在日语中的读音与"喜庆"接近，故为喜宴上的必备食材。

早晨的趾甲

　　一个贫穷的姑娘借了一个穷人家的二楼房间，住了下来。她在等着与恋人结婚。可是，每晚都有不同的男人到这儿来。这是个朝阳照射不进来的屋子。姑娘经常穿着磨损厉害的男用木屐，在后门口洗涤衣物。

　　晚上，不论哪个男人都会说：

　　"怎么回事儿？连蚊帐都没有吗？"

　　"对不起。我会整夜不睡地帮您赶蚊子的，请原谅。"

　　姑娘战战兢兢地给蓝色的蚊香点上火。关了电灯后，姑娘时常望着蚊香的那一点火光，回想自己的孩童时光。与此同时，她还久久地用团扇扇着男人的身体。不停地做着挥动团扇的梦。

　　已是初秋时分了。

　　很少见地，一个老人上了这个寒酸的二楼房间。

　　"不挂蚊帐吗？"

　　"对不起。我会整夜不睡地帮您赶蚊子的，请原谅。"

　　"是吗？稍等一下。"

说着，老人就站起了身来。姑娘扑上去搂住了他。

"我会替您赶蚊子，一直赶到天亮的。我一会儿都不睡的。"

"嗯。我马上就会回来的。"

老人下楼去了。姑娘开着电灯，点燃了蚊香。她一个人待着，但在明亮的地方，她是无法回忆童年的。

过了一个小时左右，老人回来了。姑娘跳了起来。

"哦，所幸的是，你这儿挂绳倒是有的。"

老人在这个寒酸的房间里，挂起了一顶全新的、雪白的蚊帐。姑娘钻入蚊帐，兜着圈子将蚊帐的下摆展开了。肌肤触碰到蚊帐时的那种凉爽的感觉，令她欣喜若狂。

"我就知道您一定会回来的，所以我不关灯，一直等着您呢。真想在明亮的灯光下，多看一会儿这白色的蚊帐啊。"

然而，接连几个月没睡过觉的姑娘，陷入了死一般的沉睡之中。连老人早晨回去，她也一点都不知道。

"喂，喂喂。"

姑娘在恋人的喊声中睁开了眼睛。

"明天，我们终于可以结婚了。——嗯，多好的蚊帐啊。光是看看就叫人觉着凉爽。"

说完，他就将蚊帐的挂绳全都解开了。随即又将姑娘从蚊帐下拖出来，扔在蚊帐上。

"你就待在这蚊帐上吧。跟一朵大大的白莲花似的。这么着，这个房间也跟你一样洁净了。"

通过蚊帐那新麻布的触感，姑娘找到了身穿洁白婚纱的新娘的感觉。

"我要剪趾甲了！"

她坐在铺满了整个房间的蚊帐上，专心致志地剪起了她早就忘了的、长长的趾甲。

处女作作祟

我在"一高①"的《校友会杂志》上发表过一篇名为《千代》的小说。那是我的处女作。

那会儿，在一高的文科生中流行着去"三越"或"白木屋"的餐厅追女招待的风气。我们每天都上这些百货公司去，或喝咖啡，或吃年糕豆沙汤，在餐厅里一坐就是两三个小时。我们就要泡在那种难以久待的地方，并美其名曰"练胆"。我们不知道那些女招待的姓名，就根据她们佩戴在胸前的号码，用德语来称呼她们。有个大眼睛，因瘰疬体质而脸色发青的少女，我们就用"花牌"里的"青丹"来称呼她。而"三越"的 16 号（Sechzehn②）和"白木屋"的 9 号（Neun③），则是我们心中的女神。

我还跟同学松本这么说过：

---

① 第一高等学校。为日本最早设立的公立旧制高等学校，相当于当时的东京大学的预科。作者十九岁时考入一高。
② 德文，16。
③ 德文，9。

"只要拎个书包，人家就以为我是放学回家的了。会以为我回家的路与她是一个方向的，也就不觉得奇怪了。这样就能一直盯到她家里为止了。"

事实上在那前一天，我就是拎着个书包在"白木屋"等着来着。等到下班的时候，就与"9号"坐上了同一辆电车。她在金衫桥下车，又换乘了去目黑的车。我看到后，就坐了下一班去天现寺的。前面的电车消失不见后，我已忘了是在哪儿换的车了，等我回过神来，发现电车已奔驰在秋日夕阳下的郊外了。

在那后一天，我自然也去了日本桥。见"白木屋"门前傻傻地站着一个拎书包的一高学生。是松本！我不由得捧腹大笑，赶紧抄后街小巷，去丸善书店看新书了。

我急不可耐地等着松本回宿舍。他一回来，就被我拖进了茶点铺。

原来，他与"9号"在同一个车站下车后，就主动上前搭讪。"9号"跟他说，你上家来跟我妈讲吧，还把他拉到了自己的雨伞下。她家在麻布十番的后街上。是个脏兮兮的饼干铺子。她妈妈和弟弟都在家里。她妈妈说，女儿已经有未婚夫了，在上医科学校呢。"9号"的名字，叫作古村千代子。

于是我就将写给"9号"但尚未交给她的，满满十六张稿纸的情书撕了个粉碎，并写篇名为《千代》的小说。小说的大概情节是这样的：

——田中千代松来初中宿舍找过我两次，要我将祖父的借款条以我的名义重写一遍。并且还要我将到目前为止的利息也加到本金上去，将还款的期限定在当年的十二月份。我就怕这

118

事儿被同学知道，故而无法跟他争辩，只得从舍监那里拿了一张带格子的纸来，悄悄地写下了借款条。结果不仅我的亲戚，就连村里人也都说千代松是个恶鬼，还说未成年人写的字据本身就形同废纸，而且找到人家宿舍里让一个孩子做这种事也实在是太过分了。后来，或许是为了表示歉意吧，千代松对连一个亲人都没有的我表示了种种关怀。

考入一高后，千代松的女儿突然往我的宿舍寄来了一封信，里面夹着五十日元，说是遵照父亲的遗嘱寄给我的。没想到直到临死之前，千代松还在为此事耿耿于怀，反倒让我觉得有些过意不去了。

我用这笔钱去伊豆游玩了一趟。途中，我爱上了一个身为江湖艺人的舞女。她叫千代。就是千代松的千代。而千代松的女儿也叫千代。

后来我回到了东京，开始了新的恋情。那姑娘的名字也叫千代。与此同时，千代松女儿的千代也还在给我写信。我很害怕。我很想跟不叫千代的女孩子谈恋爱。可是，后来我交的几个女朋友，她们也都说"我是千代"，竟然无一例外。这简直就是千代松的鬼魂在作祟——

其中第三个出场的千代，其实就是以"白木屋"的"9号"为原型的。因为她名叫古村千代子，所以我就写了名为《千代》的小说，仅此而已。不料这篇处女作，竟然作起祟来了。

《校友会杂志》刊出小说后还不到一周，我就在学校图书馆里被吓得面无人色了。因为我在一份大阪的报纸一角上，看到了我老家的村名，一读之下，内容竟然是：有个名叫堀山岩男的家伙发了疯，用刀砍死了老婆和儿子后，在储藏室里上吊自杀了。这个岩男可不是别人，就是我那处女作《千代》中千代松的原型。那么一个温和、沉静的人，怎么会……我不禁毛骨悚然。

"我可没诅咒过他呀！我也没怨恨过他呀！"

我只在小说里写他生病而死，仅此而已啊。

后来我回到村里一问，有人说：

"只有千代握住了刀子，这才保住了一条小命。可她的四根手指，'啪啦啪啦'地掉了下来。"

一两年后，我又爱上了一个姑娘。她叫佐山千代子。可令人匪夷所思的是，就在与她谈婚论嫁的那两个来月间，重大的不吉利事情接踵而至。先是我坐火车去求婚时，那火车撞死了人。接着是我之前与她在那儿相会过的，位于长良川畔的一家旅馆，被暴风雨摧毁了二楼，停业了。

"前些天，一个与我同年，身世也差不多的姑娘，从这儿跳下去，死掉了。"

千代子扶着长良桥的栏杆，望着河面说道。

回来时，由于吃了近乎毒药的安眠药，我从东京站的石台阶上跌了下来。

为了征得她父亲的同意，我去了东北的某小镇，不料那儿竟暴发了从未有过的伤寒，连小学都停课了。

回到上野站，又看到了原敬在东京站被暗杀 ① 的号外。而原敬夫

---

① 即"原敬暗杀事件"。1921 年 11 月 4 日，当时的日本首相，有"平民首相"之誉的原敬，在东京车站被铁道省山手线大塚站职员中冈艮一用刀刺死。

人的老家，正是千代子父亲所在的那个小镇。

"我家前面有个伞铺，老板的女儿跟店里的小伙计好上了。一个来月前，那个小伙计死掉了。谁知那女孩说起话来越来越男人。后来发了疯。昨天也死掉了。"千代子在信中写了这事儿。

岐阜县的某初中有六名男生与六名女生破天荒地集体私奔了。

为了与她同住，我另外租了屋子。搬过去后，房东给我看了张晚报，上面有横滨扇町的千代子因自己是丙午年①生人而悲观自杀，以及千代太郎在巢鸭自杀的报道。那个房间的壁龛里供着一把日本刀，嗖的一声抽出，但见寒光逼人，可我又立刻联想到了岩男女儿那四根啪啦啪啦掉了一地的手指。

岐阜县天降六十年未遇之大雪。

还有，还有……

此类事件越是层出不穷，我心头的爱情之火也愈发地炽烈。但是，千代子却逃掉了。

后来，她又出现在了东京的某咖啡馆里。她一出现，那儿就立刻成了专门上咖啡馆找碴的黑帮持械斗殴的中心。我也常去那家咖啡馆，并能不动声色地旁观那些被砍得鲜血淋漓、被摔得骨断筋折、脖子被勒得背过气儿去的家伙。千代子也只是直愣愣地站着。之后，她又从我的眼前消失过两三次，而每次我总能得知她的住所，真叫人匪夷所思。

两三年后发生了大地震②后，看到半个东京已被熊熊大火所吞

_____

① 干支之一。日本民间迷信，说是该年出生的女性结婚后会克死丈夫，故而很难找到婆家。
② 即1923年的关东大地震。

没，我首先想到也是：

"啊！千代跑哪儿去了？"

于是就提着水壶和饼干袋，在已成了一片废墟的街道上奔走了整整一个星期。最后，在本乡的区政府门前看到一张贴纸，上面写着：

"佐山千代啊，快到市外淀桥柏木三七一井上家来吧。加藤。"

我一下觉得双脚沉重，如同麻木了一般，当场蹲了下来。

今年，已是佐山千代子消失后的第三个年头了。自秋至冬，我一直住在伊豆的山上。当地有人来给我做媒，说那可是个在东京文光学院高等部上学的才女啊。尽管相貌平平，但气质高雅，还长着一双美丽的大眼睛。聪明。诚实。是某制纸公司课长的长女。丙午年生人，二十一岁。名叫佐山千代子。

"丙午年的佐山千代子？！"

"是啊。佐山千代子。"

"好啊！简直太好了！"

可就在那两三天之后，东京的一个朋友跑来说，佐山千代子又出现在咖啡馆了。

"如今的千代之已二十一岁，脸颊丰满，身材高挑，如同一位美丽的女王。老兄，你有没有勇气再来大都会挑战她一回？"

随后，他又极尽煽动之能事地说什么千代子读了我唯一的一部短篇小说集后曾说过这样这样的话；看了根据我唯一的一个剧本拍摄的电影后曾说了那样那样的话。最后还加了一句：

"她说了，'我这一辈子都是不幸的'。"

当然不幸了。因为她也被我那处女作作祟了嘛。

不料这事儿到这儿还没完呢。又过了个把星期，一位新晋作家上山来后，突然说道：

"都说你找到初恋情人了，我还以为你早就赶回东京了呢。"

"哎？我在外面的传闻竟然是这样的吗？"

我不禁呆若木鸡。但这位仁兄却一本正经地说道：

"唯其是处女作，才一定要写得欢快、圆满一些啊。如同人们必须对新生儿予以祝福一般。"

我当时很想跟他说：

"是的。那姑娘确实如我很久以前在处女作中所预言的一模一样。她的命运像是被我的处女作给捆绑住了。"

总之，自从处女作作祟以来，我就领教了艺术创作可怕的一面。我在作品中写下的人名、事件，以及所选择的场所，犹如我本人降临人世一样，既是十分偶然的，实在又是必然的。倘若我成了一个有宿命论倾向的神秘主义者，也请大家将其归咎为处女作作祟的缘故吧。因为我的笔，有着不仅能支配我自己的，甚至还能支配他人命运的魔力。

上帝之骨

某郊外电车公司专务董事笠原精一、古装剧电影演员高村时十郎、P私立大学医学部学生辻井守雄、广东料理店老板佐久间辨治以及另外一人，全都收到了咖啡馆"青鹭"的女招待弓子寄来的、内容相同的信件。

现寄上骨殖一份。这可是上帝的骨殖哦。

小宝宝活了一天半。刚生下来时就毫无生气，我直愣愣看到护士倒提着他的双脚摇晃来着。就这么着他才"哇——"的一声哭了出来。据说是在昨天中午，打了两个哈欠后死去的。不过隔壁床上的宝宝更加离奇，在娘肚子里只待了七个月，一出娘胎立马就撒了一泡尿，然而就死掉了。

小宝宝长得跟谁都不像。跟我也一点都不像。就跟个美丽的洋娃娃似的，或许可以把他想象成人世间最可爱的宝宝吧。也正因为这样，没有任何特征也没有任何缺点，我所能回想起来的，也只有下部较宽的脸蛋，以及死后渗出些许淡淡鲜血的，紧闭着的嘴唇。就连护士也称赞说"这是个多么可爱的白皙的宝宝啊"。

虽说我也觉得这么个身体虚弱的宝宝，即便活下来也不会幸福的，反倒是在还没喝过一口奶，还没笑一笑的时候就死去为好，可一想到他跟谁都不像，我就心疼得不行，禁不住哭了。小宝宝肯定是在他那颗童心，不，是胎心里，怀着"我不能像任何人"的良苦用心才来到这个世上的吧。并且是下定了自己必须在长得跟谁相像之前死去的决心，才离开人世的吧。

你，不，我可以明确地称呼"你们"了吧。即便我以前有过成百上千的男人，你们也只把他们当作街上铺设的木砖一般，一点也不关心到底有多少的，可当我一怀上了孩子，你们又是多么地惊慌失措啊。你们全都搬出了窥视女人秘密的男用大号显微镜来——

白隐和尚①——这是个很久以前的老故事了——曾指着浪荡女生下的孩子说"这孩子是我的"，便抱去领养了。我的小宝宝也受到上帝的指认的哦。我到底该像谁才好呢？——上帝曾对着在我肚子里如此悲哀地思考着的小宝宝说："可怜的孩子，你像我就行了。你就以上帝的模样降临人世吧。你是人类的孩子。"

因此，面对着可怜的赤子之心，我没法说出曾希望他像谁。所以便把骨殖分装寄给你们了。

---

① 白隐慧鹤（1685—1768），日本江户时代中期的临济宗僧人，临济宗的中兴祖师。曾周游各藩，广施教化，致力于禅的大众化。著有《远罗天釜》《语录》《夜船闲话》等。

专务董事收到信件后，飞快地将一个小小的白纸包塞进了衣袋，上了汽车后才悄悄地将其打开，瞧了一眼。在公司里，他叫来了美丽的女打字员，说了声"来，抽支烟吧"，从衣袋里掏出好运牌香烟时，却把那一小袋骨殖一起拿了出来。

广东料理店的老板，翕动鼻子嗅着骨殖的味道儿，打开保险箱，取出打算解送银行的昨天的营业款，将白纸包放了进去。

医学部的学生在坐省线电车时，随着车身一晃，他口袋中的婴儿骨殖就在一个白丁香般的女学生那坚实的腰部碰碎了。从而令他想入非非，竟然动起了要娶她为妻的念头来。

电影演员则将骨殖藏入装有"鱼皮"①和糖精②的秘密袋子后，就赶去拍摄了。

一个月后，笠原精一来到"青鹭"咖啡馆，对弓子说道：

"那个骨殖应该放到庙里才是吧。你怎么自己留着呢？"

"啊呀，我已经把它全都分给大家了呀。怎么会自己留着呢？"

---

① 橡胶避孕套尚未普及时的避孕工具，通常采用白姑鱼的鱼鳔。
② 在此用作"鱼皮"的防腐剂。

盲人与少女

　　加代子不明白，一个能从郊外车站独自坐电车回去的人，为什么非得让人牵着手走过一条笔直的路送到车站呢？尽管她不明白，可不知从什么时候起，牵着手送他去车站却成了加代子的差事了。田村刚来她家时，妈妈就说：

　　"加代子，你送他去车站吧。"

　　出了家门，走了一会儿之后，田村就将长长的手杖换到了左手，用右手摸索起加代子的手来。看到了田村那只在她肚子旁胡乱摆动的手后，加代子虽然脸涨得通红，也只能将自己的手伸过去了。

　　"谢谢！——哦，你还小啊。"田村当时说道。

　　到了车站，加代子原以为要将田村一直送上电车的，不料他将找下的零钱留在加代子的手掌里，只取了车票就一个人十分利索地朝检票口走去了。不仅如此，当他走近停在站台上的电车后，就举手至车窗高度抚摸着车身走去，一眨眼的工夫就找到车门并上了车。完全是一副熟门熟路的样子。见此情形，加代子也就放心了，以至于电车开动时，她禁不住露出了微笑。她觉得田村的手指头有着眼睛一般的不可思议的功能。

还有过这么一件事——有一天，加代子的姐姐阿丰正在夕阳照射下的窗前补妆。

"镜子里有什么，你知道吗？"阿丰问田村道。

姐姐在使坏，这一点加代子也是知道的。镜子里有什么呢？还不是正在化妆的阿丰嘛。

而阿丰的小心思，无非就是陶醉于镜中之自己的美貌而已。

这么美的女人正在向你献媚呢。——姐姐的声音里明显还有如此向男人撒娇的意味儿。

田村听后，默不作声地移近镜子，用手指抚摸起镜面玻璃来。随后，他双手用力，一下子改变了镜子的朝向。

"啊呀，你干吗呢？"

"镜子里有树林哦。"

"树林？"

阿丰也不由自主地移动膝盖，将身体挪到了镜子前面。

"夕阳正照射在树林上呢，是吧。"

颇为惊讶的阿丰看了一会儿正在抚摸镜面的田村，忽然"噗嗤"一声笑了起来，随即便将镜子复了原，又专心致志地化起妆来。

然而，一旁的加代子却深感骇然。令她感到震惊的，是镜中的树林。正如田村所言，夕阳正照射在高高的树林上，营造出了一片紫色的烟霞。宽宽的树叶因背面受光，暖洋洋的，如同透明的一般。完全是一幅小阳春时的黄昏夕景。可是，镜中的树林给人的感觉却与真实树林完全不同。或许映照不出那薄绢般的柔和日光所营造出的紫色烟霞的缘故吧，显得深邃、清冷。宛如一泓湖水。虽说每天都能从窗口看到真实的树林，但加代子平日里并未对它特别留意。所以反倒觉得是被盲人提醒后才初次看到似的。她甚至怀疑田村其实是能看到那片树林的。还想问一下他，是否知道真实的树林与镜中的树林的区别。总之，他那双抚摸镜子的手太可怕了。

因此，在送田村去车站，被他握着手时，加代子有时会突然感到害怕。可是，每当田村上家里来，送他去车站都是加代子的差事，次数一多，她也就忘记了害怕了。

"这是在水果店门口吧。"

"来到殡仪馆门前了吧。"

"还没到绸缎庄吗？"

同一条道路反复走过多次后，田村就常会说这样的话，既非玩笑打趣，也不一本正经。右边是香烟店、车行、鞋铺、柳条箱店、年糕豆沙汤店——左边是酒馆、布袜店、寿司店、杂货店、化妆品店、牙科诊所——如此这般，田村问什么，加代子就回答什么。结果，到车站为止的这条六七十百米的道路两旁的商店，田村全都按照顺序记了个一清二楚。而一边走一边猜路两旁的商店，已成了他的游戏了。因此，橱柜店啦，西餐店啦，每当路边出现了新的景物，加代子都会及时告诉他。加代子心想，田村是为了让给盲人牵手送行的少女解闷，才想出这一可怜巴巴的游戏来的吧。可田村能像明眼人一样对路边的商店了如指掌，这一点又让加代子感到不可思议。不过时间一长，她也就习惯成自然了。然而，当母亲病倒后，有一天田村问"今天殡仪馆里摆出人造花来了吗？"时，加代子还是如同被泼了一盆凉水似的大吃了一惊，并仔细端详起田村的脸来。

田村却若无其事地这么说道：

"姐姐的眼睛真那么美吗？"

"是啊，很美啊。"

"美得不得了吗？"

加代子不吭声了。

"比你的眼睛还美吗？"

"你干吗要问这个呢？"

"不干吗。——姐姐是盲人的妻子，是吧？老公死后，接待的也尽是些盲人吧。再说，妈妈也是盲人。所以说，她自然而然就会觉得自己的眼睛要比别人漂亮的。"

不知为何，这句话深深地印入了加代子的心底。

"瞎子会有三代报应的。"

姐姐阿丰曾故意让母亲听见这样的话，并长吁短叹。她害怕自己会生出瞎眼孩子来。即便不生下瞎眼的孩子，她也担心自己的孩子成为盲人的老婆。事实上她自己成为盲人的老婆，就完全由于母亲就是个盲人的缘故。身为盲人的母亲，只接触些盲人按摩师。所以她害怕女儿嫁给明眼人。其证据就是，女婿死后家里也留宿过许多男人，但这些男人也都是盲人。因为盲人与盲人之间是会口耳相传的。她们全家人都觉得，要是卖身给非盲人的男人，是马上要被警察抓去的。要养活盲人母亲，就必须从盲人身上赚钱。

其实，田村就是被其中的一个盲人按摩师领了来的。不过田村本身不是按摩师，而是个曾给盲人聋哑学校捐赠过几千块钱的年轻富豪。随后，阿丰就专接待田村这么一个客人了。她根本就看不起田村，一直在捉弄他。所以田村只得无聊地跟母亲说说话。加代子时常目不转睛地看着他那副落寞的模样。

母亲病故了。

"我说，加代子，这下可算是摆脱瞎子的灾难了。我们终于可以过得轻松快活了。"阿丰说道。

没过多久，附近那家西餐馆的厨师就上家里来了。这个明眼男人的粗暴行为，把加代子吓得缩成了一团。阿丰终于要与田村分手了。加代子最后一次把田村送到了车站。电车开走后，她心里空荡荡的，感到自己今后的生活没了着落了。于是她就跳上下一班电车，去追赶田村了。她并不知道田村的家在哪儿，但她又觉得自己似乎是知道这个长时间被自己牵手走路的男人要去哪儿的。

故乡

前来租房的代书人见一个十二三岁的孩子一本正经地摆出房东面孔来，忍不住笑出了声来。

"别学说大人话了，快写信去问一下你妈吧。"

"问我妈，肯定是不租的。你就从我手里租吧。"

"好吧。那么，租金多少呢？"

"这个么——五块。"

"呵，你还真领行情啊。"

代书人装出稍稍有些当真的模样，杀价道：

"五块太贵了。三块吧。"

"免谈！"

说完，这孩子就装出像是马上就要跑到屋后的野地里去玩的模样了。代书人一下子就上了这种孩子气的讨价还价的当。当然，这所位于郡公所对面的房子，对他来说也是绝对必要的。

"这个月的房租得先付哦。"孩子说道。

"付给你吗？"

"嗯。"

孩子显露出与一家之主十分相称的自信，点了点头。可是，他有些难以抑制发笑的冲动，就紧紧地抿着嘴唇，显得越发的煞有介事，一本正经了。他为这种新感受到的，金钱交易所带来的乐趣而欣喜不已。其实，这样的交易已经是第二次了。

母亲去东京给要生孩子的姐姐帮忙，一走就是三个月。写信来说"你也来东京吧"，却没寄路费来。这孩子原本是托付给邻居照看的。结果他把来邻居家收破烂的人拖到自己家，把旧杂志啦，破衣服什么的给卖了。

"这个值钱吗？"

兴头上来后，他又把坐在火钵上的铁壶拿下来给收破烂的看。随后，他就沉湎于什么东西都能卖的游戏之中了。他把这个贫穷的家翻了个底朝天，连已故的父亲留下的礼服也卖了。

"再有五块钱，去东京的来回路费就够了。"

通过这些交易，孩子了解了大人的生活——每天都能获得粮食的，不可思议的生活。并且，在通过交易获得金钱的同时，收破烂的也好，老代书人也罢，他们被生活折磨得疲惫不堪的惨状，也清晰地印入了这孩子的脑海。跨出了这大人生活的第一步后，他觉得自己赢了。觉得自己是能在这个世界上活下去的。

这孩子背着散发着清新香味的青森成子苹果来到了东京的上野车站。母亲见了大吃一惊，连一句责备的话都说不出来，只觉得已没有故乡，没有老家可回的悲凉，如水一样在胸中扩散开来。其实她的大儿子也在东京。多年来，大儿子一直逼她把老家的房子卖了，好给他用作做生意的本钱，可她就是不肯放手。丈夫的那套礼服也是的，为了换取食物，她宁可把自己的衣物卖掉也要保留着。如今倒好，被这小儿子当作破烂卖掉了。

"三天没睡觉了，我可要补回来哦。"

孩子到了姐姐的家里，倒头便睡，一下子就睡得跟死人一般了。

姐姐的家地处郊外，附近有个很大的池塘。第二天，那孩子一大早就去池塘边钓鱼了。回来时还带回了五六个邻居家的孩子，在家门口把十来条鲫鱼分给了他们。

家里面，母亲和姐姐都在哭天抹泪的。因为，姐夫决定让那孩子去跟一个在工作单位认识的泥水匠做小徒弟，今夜就要来接人了。母亲坚持说，如要让孩子去干活儿，还不如让他们娘俩回老家去呢。不料那孩子大模大样地进了屋，用像是跳过一条小河似的轻松口吻说道：

"你们何必这么又哭又闹的，我上哪儿去干活儿都行啊。"

母亲开始默不作声地补起袜子来了。那孩子来的时候，把母亲的单衣和自己的东西，还有冬天穿的布袜（虽说夏天马上就到了）都一股脑儿地塞进柳条箱带了来。

母亲的眼睛

　　山中的温泉旅馆里，老板家一个三岁大的孩子，板着脸，踉踉跄跄地跑进了我的房间，一把抓起桌上的一支银色笔杆的铅笔后转身逃走了。整个过程中居然一声也没吭。

　　一会儿过后，女招待来了。

　　"这支铅笔是您这儿的吧。"

　　"是我的呀。刚才给店里的小孩了嘛。"

　　"不过，现在落到保姆手里了哦。"

　　"是她没收的吧。让孩子拿着就是了嘛。"

　　女招待笑了。

　　仔细一问才知道，原来这支铅笔是从保姆的箱子里搜出来的。据说她的箱子里装满了偷来的东西。有客人的名片夹、老板娘的长内衣、客房女招待的黄杨木梳和发饰，还有五六张钞票。

　　过了半个来月，女招待又来说道：

　　"再没有比这更气人的了！居然让那么个小丫头给驳了面子……"

　　原来，自上次以后，保姆那顺手牵羊的毛病像是变本加厉了。

由于她连着在村里的和服店买了对她来说过于奢侈的和服，店里人悄悄地来旅馆报信了。于是女招待就受了老板娘的重托，对保姆展开了调查。

"既然这样，我就到老板娘那儿去和盘托出好了。"

据说，保姆扔下这话后，转身就走了。

女招待说："听她那口气，简直就是在说：'你一个女招待，跟你说得着吗？'您说气人不气人。"

听女招待说，后来那保姆跪坐在老板娘跟前，相当天真地歪着脑袋，一五一十地回想着自己偷过的东西，毫不隐瞒地全都交代了出来。还说那些现金是从账台和客人那儿偷的，总共一百五十日元。

"她说她给自己做了三四件外褂、和服啥的，其余都用在让母亲坐汽车去医院看病了。"

旅馆掌柜的把她送回家后，她父母就那么接收了下来，据说连一句责备女儿的话都没有。

那个美丽的保姆不在之后，我也很快就回去了。

归途中，一辆汽车风驰电掣般地驶来，赶上了我乘坐的公共马车。马车避到了路旁。那汽车却也紧贴着马车的车肚子停了下来。打扮得花枝招展的保姆跳下汽车，一面扑向马车，一面欢快地叫喊着。

"啊，真开心啊！我们终于又见面了。我陪我妈去城里看医生呢。我妈的一只眼睛要瞎了，好可怜啊。您还是坐我们的汽车吧。一直送您到车站，好不好？"

我跳下了马车。保姆的脸上乐开了花。

透过汽车的车窗，我看到了裹住保姆母亲眼睛的白花花的绷带。

三等候车室

让他坐在东京站的三等候车室里等候这事儿，是需要稍加说明的。简单来说，就是她把那儿选作了与他见面的场所。对此，他表示过反对，还说，你的生活不是与火车的三等候车室无缘的吗？

"一、二等候车室里有女性候车室的呀。在三等的话，太招人眼了，不太方便啊。"

"你说我吗？我有那么招人眼吗？"

于是，他就老老实实地接受了她的这种谦恭与节制。

可是，尽管已经跟她这么约好了，来到了东京站后，他并没有直奔三等候车室而去。而是在确认过离五点还有十五分钟时，就自然而然地走进了一、二等候车室。那儿的墙上抠出了一个方块，安上了电影银幕，正放映着松岛的风光片呢。他想起了在大阪的老朋友，给他们写了信。将信投入车站内设立的邮筒后，他才顺道去了三等候车室。

这里的墙上可没什么银幕。看来坐三等车的旅客，是去不了松岛的。一大群像是修学旅行刚回来的乡下女学生站满了大厅，正叽叽喳喳地说个不停。他像是要躲起来似的，在这群少女的身后坐了下来。眼前的长椅上放着一顶蓑笠。

奉巡礼四国八十八所灵场
本来无东西
　　千叶县印旛郡白井村
何处有南北
南无大师遍照金刚
迷故三界城
　　字富冢　川村作治
　　　　同行 × 人
悟故十方空

蓑笠上这七行文字还散发着墨香呢。巡礼者[①]身穿缁衣，内衬白色棉布短衫，正看着摊开在送行僧人大腿上的，套色印刷的《四国巡礼地图》，听着那僧人说话并不住地点头。只有那副几乎要连眉毛都遮住的墨镜，与这个老人是不相称的。

他想象了一下令老人的新蓑笠渐渐变旧的四国巡礼之行，觉得或许这位并不懂"迷故三界城，悟故十方空"的意思，却踏上了了却凤愿的巡礼旅途的老人，一定是很幸福的。可这种幸福又与他所认为的幸福相隔得何其遥远啊。他转念又想，自己的祖父与祖母是

---

① 此指去日本的四国巡回礼拜 88 处灵场的人。

否作过"同行二人"①的四国巡礼呢？事实上在他沉湎于童年的故乡回忆时，就仿佛已听到了巡礼者的铃铛声了。

那又怎么样呢？——此刻他已经等她等得心烦意乱，没法继续想象了。

——莫非她的约会经验已经丰富到知道在三等候车室里约会反倒比在一、二等候车室里更不招人眼了吗？

——莫非她将男人分为两种：在一、二等候车室里约会的男人，和在三等候车室里约会的男人。这不是对男人的嘲弄又是什么呢？

现在他脑海里冒出来的，就是愚蠢到如此地步的想法。他甚至觉得她现在正和"二等"的男人约会，并真的去那儿瞧了一眼。可当他茫茫然回到原地时，三等候车室里却人潮汹涌，差点将他挤倒。

原来是那位巡礼者和僧人被警察带走了。

　　你以为我是坐二等车的女人。不过这也不能怪你，我平时就是为了要给人这样的感觉而费尽心思。昨天我一不小心说出了在三等候车室里见面，可谓是现出了原形。我回家后也仔细考虑过。我发现自己对于把我想象成坐二等车的女人的男人，已经烦透了。

在东京站等得实在不耐烦而回家后，他就看到了她寄来的这么一封信。

在信中，她把自己说得那么低贱。其实，或许是在嘲笑他亦未

---

① 指与古代的弘法大师空海二人同行，巡礼四国灵场。据说弘法大师会附在手杖上，一直陪伴、守护着巡礼者。

可知。总而言之，他应该会继续过着与三等候车室无缘的生活。因此，那个三等候车室的浪漫情调，就只能借助巡礼者和僧人的形象保留在他的脑海里了吧。

可是，他又无论如何也不相信那个巡礼者是罪犯伪装的。就跟他无论如何不相信她是个坐三等车的女人一样。

家庭

——这儿所说的"盲",并不意味着眼睛看不见。

他牵着盲妻的手,走上坡道,去看出租房屋。

"那是什么声音?"

"是风吹过竹林的声音啊。"

"是啊。我已经好久没有出门了,连竹叶的响声都忘了。——如今的家,上二楼的楼梯,每一级的面都很窄,刚搬来时,我走不习惯,真受不了。现在已经完全习惯了,你却又叫我来看新房子了。对于盲人来说,老房子就跟自己的身体似的,边边角角都很熟悉,所以也像自己身体似的,感到十分亲切。对于明眼人来说死气沉沉的屋子,可流淌着盲人的血呢。这么说,我又要在新房子里,头撞上柱子,脚绊在门槛上了?"

他放开了妻子的手,推开了刷着白漆的栅栏门。

"啊,这院子里树木好密,好昏暗啊。马上就要入冬了,一定很冷吧。"

"这是一所西洋建筑,墙壁、窗户全都阴森森的。据说以前是德国人住的。还挂着'里德尔曼'的名牌呢。"

然而，一推开房门，他就因耀眼的亮光而不由自主地往后仰了仰身子。

"太好了！屋里十分亮堂。如果说院子是夜晚的话，屋里面就是白昼了。"

红黄两色粗条纹的壁纸十分艳丽，就跟围在庆典场所四周的帷幕似的。深红色的窗帘，也如彩色电灯一般明亮。

"有长沙发。有壁炉。有带椅子的餐桌。挂衣架、装饰灯——家具可谓是一应俱全啊。你看……"

说着，他粗暴地将妻子推向长沙发，差点让她摔倒。妻子像个蹩脚的溜冰者似的，双手在空中乱舞着坐了下去，又被弹簧弹得身体乱晃。

"喂！连钢琴都有啊。"

被他拉起来领到壁炉旁的小钢琴前坐下后，妻子像是在摸什么可怕的东西似的按了按琴键。

"啊呀，会响的。"

于是她就弹奏起小时候会唱的歌来。想来是她在那眼睛尚未失明的少女时代学会的歌曲吧。

他去摆放着一个大办公桌的书房看了看，发现隔壁就是卧室。里面放着一张双人床。床上放着个草垫子，也用带红黄两色竖条纹的粗布包裹着。扑上去后才发现，里面装的是柔软的弹簧。妻子弹奏的钢琴声，渐渐欢快起来了。还传来了她因眼睛看不见而按错了键时发出的孩子般的笑声。

"喂！快来看大床吧。"

真是不可思议啊！妻子在这个不辨东西的新家里，居然像个眼清目明的小姑娘似的，健步走入了卧室。

两人互相搂着肩坐在床上，像上了发条的人偶似的，愉快地耸动着身体。妻子低低地吹起了口哨。忘记了时间的流逝。

"这儿是哪儿呀？"

"管他呢。"

"说真的，这儿是哪儿呀？"

"反正是你的家嘛。"

"哦，这样的地方要多些才好啊。"

雨中车站

妻子妻子妻子妻子——啊，女人啊，这世上被称作妻子的女人，何其之多。所有的姑娘都会成为妻子——尽管知道这是不足为奇的，可是诸位，你们见过妻子集群吗？那场景可真叫人惊悚不已，惨不忍睹，仿佛看到了一群悲惨的囚徒。

倘若诸位想通过一群女学生，或一群女工来推想一群妻子，那是绝无可能的。因为，女学生们也好，女工们也罢，她们都是由某个什么共同的东西维系起来的。也就是说，她们都是为了某个什么共同的东西而从家庭中解放出来的。而妻子集群则不同，她们都是从一个个人世间的隔离病房似的家庭里走出来的个体。倘若是出席慈善机构组织的义卖会，或是参加同学会举办的郊游，妻子们或许也会暂时性地恢复女学生心态，而当她们出于对各自丈夫的爱而聚在一起的时候，她们却仍是一个个的个体。——不过，这里要说的，并不是发生在公共市场上的故事。

譬如说，在省线电车的某个郊外停车站——就是大森车站吧。时间则设定为某个秋日下午——上午还是响晴白日的，下午却突然

144

下起阵雨来了。

不幸的是，作为小说家的他，其妻子却并非隔离病房中的病人，而是"茂野舞厅"中的舞女。因此，他出了大森车站的检票口后，收到的却是隔壁人家的妻子递过来的雨伞。

"您回来啦。我给您送伞来了。"

不，"隔壁妻子"塞到他怀里的可不仅仅是雨伞，还有作为妻子的那份热忱。"隔壁妻子"微笑着，脸一直红到了脖子根。这倒不能怪她。因为，抱着两柄雨伞，将检票口围了个里三层外三层的妻子们，全都虎视眈眈地将目光射过来了。

"哦，谢谢！——啊，这可真是妻子们的劳动节集会啊。"

他嘴上这么说着，内心却比"隔壁妻子"更张皇，像个怯场的演说家似的，狼狈不堪地逃下了石砌台阶。

突破了妻子们的重围，松了一口气之后，他撑开的却是一柄带有鸢尾花图案的淡蓝色的女式雨伞。是"隔壁妻子"递错了伞了，还是她给的是自己妻子的雨伞？不管是哪种情况吧，这个来雨中车站迎接的女人，就跟一汪清水似的渗入了他的心田。——他待在二楼的书房里看到她在井台上踮着脚用水泵打水时，常会透过其叉开的衣服下摆，眺望她脚踝以上的部分。一打照面，他也会由她脸上的微笑，联想到吹拂着成熟果实的秋风。尽管她只是这么一种存在，可如今撑着她给的带有鸢尾花图案的雨伞，再想到自己那个正搂着别的男人在舞厅里狂舞的妻子，就未免黯然神伤了。

不仅如此，妻子们的大军，正撑着凝聚着家庭之爱的雨伞，沿着通往车站的三条大道来势汹汹地紧逼上来。她们那急促的步伐，以及因不适应户外光线而暴露出来的衰弱与质朴，反倒叫人联想起大批囚徒之间的激烈争斗。

"'妻子的劳动节集会'——哈，连我自己都不得不佩服如此之形容了。"——他暗自寻思着，与撑着各自丈夫的雨伞的，没有尽头的妻子行列逆向而行。

"从厨房里直接走出来的没化妆的妻子集群——就是没有化妆的家庭的本来面目。哈，这简直就是上班族的家庭展览会。"

于是他突然笑了起来，笑容就跟阵雨中的天空似的，但雨中车站上的妻子们却笑不出来。有的甚至因傻等了老半天也没等到而只想哭。——实际上那位"隔壁妻子"就没能将第二柄雨伞像第一柄那样顺利地递交到丈夫的手中。

这个雨中车站所在的居住区——譬如说，就是大森一带吧——本就是个上班族的丈夫坐不起汽车，身穿铭仙绸的妻子用不起保姆的年轻夫妇们的大本营。如今更像是露出了老底来了似的，背上绑着孩子，手里撑着粗劣油纸伞的妻子；把丈夫的洋伞当拐杖挂着的上了年纪的妻子；没有秋天用的雨披而穿着严冬里御寒用的红色呢绒大衣的新婚妻子，都不在少数。这些聚在一起的妻子、妻子、妻子，一个个地在从下班时分的检票口涌出来的男人中找到了自己的丈夫后，就与他或并排撑着伞，或合着一柄雨伞，满怀着安心之感和短暂的新婚般的喜悦，回家去了。然而，后面的女人接踵而至，络绎不绝，于是这儿就成了等候着一个个男人的女人集市——的确是个寻找配偶的女人集市。让人觉得是剔除了化妆与浪漫因素的结婚集市的模型。

然而，作为集市上的商品，却有一个是例外的。那就是，此刻

146

的"隔壁妻子"但愿自己成为滞销品。寒酸的丈夫会出现在检票口吗？——她正为此而忐忑不安。因为，她将雨伞递给小说家之际，就看到她那昔日的情敌正登上石阶朝她走来。

"啊呀，好久没见。原来你也在大森啊。"

"啊呀，是你啊。"

两位女同学像是刚刚认出了对方似的，相互报以微笑。

"刚才那位，不就是小说家根并先生吗？"

"嗯。"

"啊呀，还真是他呀。我真羡慕你啊。你是什么时候跟根并先生结婚的？"

"这个么，什么时候来着……？"

"你这人真是的。怎么连自己的婚礼都忘掉了呢？是被新婚生活乐昏了头了吗？"

"是在去年七月。""隔壁妻子"突然蓄出去了。

其实她并非为了小说家而带伞来的。是在车站看到了昔日的情敌，经过一番激烈的内心交战之后，才毅然决然地把伞递给那个正在走红的男人的。

"这不是已经一年多了嘛。看你这脸红的，像是昨天才做了新娘似的。"

"不值一提的。"

"我才不值一提呢。近日里我一定要来登门拜访的。你不知道，我可是根并先生的热心读者哦。早就在杂志的花边新闻上得知他是个美男子了，今天这么一看，可真是百闻不如一见啊。我真羡慕你啊。真的，千代子。我其实早就看到你了。可是，自从出了那事儿后，我们一直都没见面，不是吗？我不知道该不该跟你打招呼，心里直犯嘀咕呢。不过，得知你成了根并夫人，我也就完全放心了。如今看来，抽到上上签的反倒是你啊。不过这也都亏了我抢先抽掉了下下签啊。你非但不该恨我，还得感谢我呢。过去的事情就让它付诸东流——根本不用付诸东流了，对于幸福得昏了头的你来说，简直就是个早已忘得一干二净的梦影了。——一想到我们可以重归于好，又可以握手言欢了，我心里也就轻松了，同时也想向你道贺，我简直高兴得不行了，这才上前来跟你打招呼的。"

骗谁呢？哼！反正是我赢了。——"隔壁妻子"渐渐陶醉于令人酥麻的幸福之中。

"那么，你还在等谁呢？"

"哦，派了个他的女弟子，去松屋① 采购了呀。"

这回她就回答得自然流畅，跟真的一样了。

倘若继续引用小说家根并爱用的形容，则这个检票口会让人觉得是社会这个大监狱的牢门。做苦役的男人们走出这个牢门，与前来迎接的病人一起回到作为隔离病房的家里去。——然而，现在却有两个妻子在害怕她们的丈夫走出牢门。每当有电车到站，她们就会为到底谁的丈夫先出现而紧张得直打战。

隔壁妻子太爱自己的丈夫了，以至于她不能就这么戴着"根并夫人"的假面具回去。其实她根本用不着昔日的情敌来说三道四，她现在对丈夫的爱，就足以将过去的恋情忘得一干二净了。可是，

---

① 即松屋百货。是创建于 1925 年的高档百货商店。

148

如今再与情敌等候的旧情人相见，其痛苦程度肯定是与揭下假面具不相上下的。不，比这些作用更大的，是下午一下雨就来此迎接丈夫的习惯。这一习惯如同一根锁链，将她牢牢地捆绑在了雨中车站上。

而那个情敌，其实也不愿让对方看到自己的丈夫。因为这个曾经与她们相恋过的大学生，早已不是对方记忆中的那个长相俊美的翩翩公子了。微薄的薪资加上生活的磨难，早就将他折磨得面目全非了。即便他口袋没有坐车回家的零钱，他身上那件与婚姻同龄，已穿了四年的旧西装，被阵雨浇透了也没什么可惜的。她这么硬撑着不肯回家，说穿了，只是不肯服输而已。

"要说这秋日的天空，可真会作弄做妻子的啊。车站上的汽车——今天虽说还好——一会儿的工夫就跑没了。我们这些女人都像是来参加伺候老公大赛的，这不成了女装旧货市场了吗？"

情敌见拼丈夫难占上风，就将战火烧向女性本身了。

"你看看，虽说身上穿的都跟滞销的旧货似的，可出门前薄施脂粉到底也是女人的底线吧。现在这样，不就跟闹妻子暴动差不多了吗？……"

"刚才我们家那位不是说了吗？'妻子的劳动节集会'嘛。"

"啊呀，果然是与众不同，一语中的啊。可不是吗？现在这样，简直就在出自家老公的丑嘛。要知道，在男人眼里，这可是相当恐怖的。"

确实，她自己是新化了妆出来的，就连脚下的黄色木屐也是铮明瓦亮的。隔壁妻子是从厨房里直接跑出来的。化妆——就连带着伞来雨中的车站接丈夫都不忘的化妆——其实就是"情敌"当年在情场获胜的唯一优势。现在，隔壁妻子也抹上了"小说家夫人"这一腮红，而这一"化妆"给她带来了幸福，战胜了情敌。

"不过，我的性格让我很吃亏，因为我很害怕引人注目啊。"

"你应该说是命中有福啊。你是根并夫人，虽说并非尽人皆知，可知道的人自然知道你的身份嘛。——要不，就让我来称呼你一声好了，譬如说'请允许我介绍一下根并夫人'什么的。"

情敌所说的，竟远远超出了隔壁妻子心里所想的。

随后，为了展开第三阶段的战役，情敌又开始了新的化妆：滔滔不绝地标榜起自己精通音乐与话剧来了。

事也凑巧，就在此时，一位住在大森的著名话剧演员正从天桥上走来。走在那一群上班族之间，他是那么的出众，简直就像是插在工作帽上的一朵白花。隔壁妻子也认识他。因为曾见过他挽着真正的根并夫人——那个舞女的胳膊深夜归来。就在刚才，旧情敌还以超过朋友关系的口吻介绍过他的逸闻呢。

"啊呀，这不是中野时彦吗？"

隔壁妻子说道。而在此惊呼的触发下，化了妆的情敌立刻大模大样地走向了检票口。

"您是中野先生吧。我正等着您呢。来，您就像一个情人似的撑我的伞回去吧。"她低声说着，并主动献媚靠了过去。

让这个初次见面的男明星来扮演自己的情人，无疑就是她此刻最大的幸福。她用一只手"哗啦"一下十分优雅地打开了雨伞，并殷勤地遮住了男人的肩膀后，扭头对隔壁妻子说了声："不好意思。我先走了。"就得意扬扬地投身于妻子们的雨伞海洋之中，扬长而去了。

仿佛一阵劲风吹过了款冬花田似的，车站前的广场上，伞、伞、伞顿时一通乱晃，纷纷对那一对花枝招展的情人示以敌意。这是陡然之间组织起来的"贞淑（也即家庭之累）十字军"。然而，只有隔壁妻子一人并未加入妻子们的这一"目光火力阵"。因为她正陶醉于化妆所带来的胜利的喜悦之中。旧情敌或许真是明星演员的情人吧，可并不是他的妻子呀。我可是当红作家的妻子。同样是化妆，比起仿佛让脸变了颜色的白色脂粉似的"情人"，肤色脂粉似的"妻子"让她感到无比自豪。不过她也并未因此而将对于真正丈夫的贞淑抛到脑后。她心想：等会儿与他同伞回家时，要好好说说这一场"雨中车站之战"。而今天正可以将旧日恋情之秘密和盘托出并痛痛快快地大哭一场了。——就她而言，因化妆获胜所导致的陶醉，就是这样的。而在没有敌人的当下，她也能心地明净地专心等待自己的丈夫了。

然而，化妆所带来的幸福，恐怕就是结在高高的树梢上的果子吧。而隔壁妻子又与她的情敌不同，不是拥有"化妆"这一登高绝技的杂技女演员。她的情敌在啄食了几口她所背负的"小说家夫人"这颗果子后，已展开不贞的翅膀，泼喇喇地飞离了树梢。可她却若不借助他人的手，就无法回到"贞淑十字军"云集的地面上来了。在此期间，妻子、妻子、妻子陆续捡到了她们的丈夫、丈夫、丈夫，一一散去了。停车场的墙壁露出了废墟般的惨白。下个不停的阵雨浇得眼睑冰冷又僵硬，妆容全毁的隔壁妻子感到了强烈的饥饿。可这样反倒令她更难离开车站了，就跟被流放到鬼界岛 ① 罪犯似的无处

---

① 又叫硫磺岛，位于日本鹿儿岛县南部，佐多海角西南。岛上有硫磺喷出。自古以罪犯流犯之岛而闻名。

可去，只能绷紧了神经一心等待丈夫归来了。

一直等到五个小时之后的晚上九点，隔壁妻子才被一个摇摇晃晃的人影吸引到了检票口。可那人不是她的丈夫，而是过去的恋人，也即情敌的丈夫。她刚要回过神来，却立刻又被从心底喷涌而出的悲伤冲昏头脑。眼前这个刚刚走出"牢门"的疲惫不堪、灰头土脸的男人，正一边东张西望地寻找着自己的妻子，一边踉踉跄跄地走下石阶。隔壁妻子什么也没说，只将剩下的一柄雨伞递了过去。与此同时，她的眼泪也跟粗大的雨点似的，噼里啪啦地掉了下来。脑海里已是一片空白了。

那位小说家，待在他那做舞女的妻子尚未归来的二楼家中，颇为诧异地眺望着阵雨中黑咕隆咚的隔壁人家，直到深夜。渐渐地，他的脑海里就浮出了如此这般的，献给夜里的丈夫、丈夫、丈夫的忠告：

"丈夫们啊，在下雨的午后——尤其是在秋日阵雨的夜晚，你们要早早地回到妻子正等候的车站。因为，我可无法保证，女人的心不会像女人的伞似的，递到轻浮男人的手里的哦。"

穷光蛋的恋人

　　用柠檬化妆，是她唯一的奢侈。故而她的肌肤又白又滑，还散发着清新的芬芳。她总是将柠檬切成四瓣，从一瓣中挤出一天所需的化妆水来。剩下的三瓣，就用薄纸贴住切口，好好地存起来。总之，倘若不用冰爽的柠檬汁刺激一下肌肤，她就感觉不到清晨的到来。她还背着男人，将这种水果汁抹在乳房和大腿上。于是，接吻时男人会说：

　　"柠檬。你就是从柠檬河里游来的姑娘。——喂，舔了柠檬后我就想吃脐橙了。"

　　"好的。"说着，她就拿着五分钱的白铜板，去买小的脐橙了。

　　这样，她就不得不放弃洗澡后让肌肤感受柠檬的喜悦了。一枚白铜板和柠檬香味儿，除此之外，他们家里就一无所有了。她男人用旧杂志摞起来代替桌子，正徒劳地写着没人要的长剧本。

　　"这个戏里，为你加入一个柠檬树林的场景吧。我没见过柠檬树林，不过在纪伊 ① 见过成熟时的柑橘山林。秋月皎洁之时，从大阪那

---

① 日本旧国名之一。相当于今天的和歌山县和三重县南部。

一带过去的观光客很多的。月光下，那些个柑橘一颗颗地浮在空中，跟鬼火似的，简直就是梦中的点点灯火。柠檬的黄色要比柑橘亮多了，是吧？所以应该是更为温暖的灯火了。要是在舞台上也能造成那种感觉的话……"

"是啊。"

"或许也没啥意思吧。说到底，这种具有南国风情的，欢快明朗的戏剧我也根本写不来。除非我更出名一些，更出人头地一些。"

"为什么人人都想着要出人头地呢？"

"不然就活不下去了呗。不过事到如今，我是没指望了。"

"不要出人头地。出人头地又能怎样呢？"

"哦，在这点上，你倒是挺新潮的嘛。譬如说，现在的学生连是否憎恨自己所站的台基都有所怀疑。这台基必须加以摧毁，大家也都知道它迟早会坍塌。可那些想要飞黄腾达的家伙，就在这明知其迟早坍塌的台基上架起梯子往上爬。爬得越高越危险。可明知这样，周围人自不必说，就连他们自己也强迫自己往上爬。再说，如今所谓的飞黄腾达就等于良心泯灭。这就是时代潮流嘛。因贫穷而变得灰头土脸的我，只不过是个落伍者罢了。尽管贫穷，却还有股柠檬般的明快，这或许也是一种新潮吧。"

"可是，我只是个穷光蛋的恋人而已。男人都觉得只要出人头地就行了，也只想着如何出人头地。可女人——女人只有两种。一种是穷光蛋的恋人，另一种是富人的恋人。"

"别说得这么夸张好不好。"

"不过，你是肯定会出人头地的。真的。我挑男人的眼光犹如命运之神一般，是不会错的。你当然会出人头地的。"

154

"然后抛弃你吗？"

"一准儿这样。"

"所以你不让我出人头地？"

"不是的。无论谁出人头地，我都会觉得很高兴的。我觉得我就是个正在孵化'出人头地'这枚蛋的鸟巢。"

"别胡说八道了。回忆前男友可并不是什么愉快的事。你也只在用柠檬化妆这一点上像个贵族而已啊。"

"瞧你说的。一个柠檬十分钱，一切四后，每瓣才二分五厘。我的一天才值二分五厘哦。"

"那么，你死后，就在你坟前种上棵柠檬树吧。"

"是啊。我也时常空想来着。我死后，恐怕是连石碑也立不起的，也就能在坟前插块寒酸的小木牌吧。不过，可能会有穿着晨礼服，坐着汽车来的体面人前来扫墓呢。"

"别提什么体面的男人们了。把出人头地的幽灵也统统赶走吧！"

"可是，即便是你，也很快就会出人头地的。"

想来她也正如自己说的那样，对于那如同命运一般的信念是毫不动摇的。因为她挑男人的眼光，确实就跟命运之神似的，从未出过差错。因此，她从未爱上过不具备出人头地之才能的男人。她的第一个恋人是她的表兄。但他却是另一个有钱表妹的未婚夫。抛弃了富表妹的他跟她好上后，就租了人家的一个二楼房间，过起了家徒四壁的穷日子。大学毕业那年，他以第三名的成绩通过了外交官考试，去了罗马大使馆。结果，富表妹的父亲低头求他回去。而她这个穷表妹，就悄然而退了。

第二个恋人是医学院的学生，后来抛弃了她跟医院建设费结婚了。

第三个恋人是个在小弄堂里开店卖收音机的，后来说她耳朵的长相不好，会让他漏财，就把店面搬到大马路边上去了——他在那儿有个小老婆，而把她和他的贫穷时代一起留在了小弄堂里。

第四个恋人——

第五个恋人——

她如今的这个穷剧作家恋人，也在一些激进的社会科学研究者频繁进出他家之后，终于写完了那个长剧本。他严守承诺，在剧中写入了柠檬树林。可是，他在现实社会中却没有发现明快的柠檬树林。他的柠檬树林是个尾声。在他所说的台基翻转过来后，理想世界中男女亲密交谈的尾声，便是柠檬树林。可是，他却为了这个戏能够上演，与某话剧团的当家花旦坠入了情网。那个柠檬女呢，一如既往地悄然而退了。一切都正如她所料，他也出人头地了。爬上了梯子。

她的下一个恋人是以前也常来剧作家家里的，大喊大叫的工人。可是，许是她那拜神明所赐的挑男人眼光也终于黯淡了吧，这个男人并未出人头地。不仅如此，还因为煽动工潮而丢了饭碗。她已经失去了辨别男人的感觉，而这正是她觉得自己还活着的感觉。她完了。或许是她对于出人头地之类的事儿厌倦了吧？或许是她产生了一些耐人寻味的误解吧？

就在她入葬的那天，剧作家所创作的戏剧，被风风光光地搬上了舞台。他从女主角——他的新恋人所念的台词中，听出了柠檬恋人的口吻。在取得辉煌成功的戏剧落幕之后，他立刻将舞台上用于尾声部分的柠檬果实，全都装进汽车，风驰电掣一般地运到了穷光蛋之恋人的坟场。可到了那儿才发现，她那块小木牌前，已经层层叠叠地亮起了许多柠檬灯，就跟摆起了许多个十三夜①的明月似的。

"原来这儿也有柠檬树林啊!"

---

① 指阴历九月十三的夜晚。日本旧时就在此夜祭月的习俗。

不笑的男人

　　青绿色变得浓重后，天空就如同美丽的瓷器的肌肤了。我躺在被窝里眺望着鸭川的水不断地被染成清晨的颜色。

　　由于这次的电影主角十天后要参加舞台演出，故而最近的一个多星期一直是通宵拍摄的。我作为剧作者，虽说只是轻松地在一旁看着而已，可也搞得疲惫不堪，不仅嘴唇发干，往那明晃晃的白炽灯旁一站，连眼睛都睁不开了。而且每晚也都要熬到星星隐退才回到旅馆。

　　话虽如此，这青瓷色的天空还是令我感到神清气爽，甚至觉得有可能带来什么美妙的灵感。

　　首先浮上我脑海的，是四条大道的景色。前一天，我在靠近大桥的一个名叫"菊水"的西餐厅吃了午饭。坐在三楼的窗前，尽情眺望着东山上树木的新绿。从四条大道的正中间就能看到山了。——虽说这是理所当然的事情，可还是让从东京过来的我感到既新鲜又惊奇。——紧接着浮上我脑海的，是在古董店的橱窗里看到的，一个古老的微笑面具。

158

"太好了！美妙的灵感来了！"

我嘴里嘟囔着，满心欢喜地伸手将稿纸拉了过来，开始将灵感组织成文字。我重写了电影剧本的最后一个场景。写完后，我又给导演附上了一封信：

> 我要把最后一个场景改成空幻的画面。并决定在此空幻的画面上铺满柔和的微笑面具。既然作者想在这个阴暗的故事结尾展示出明朗的微笑而无法实现，那就至少让美丽的微笑面具来遮蔽现实吧。

我带着底稿去了摄影棚。办公室里空无一人，只有晨报。食堂老板娘正在大型道具房前收拾刨花。

"导演睡了，请把这个放在他的枕头旁。"

这回的剧本，写的是发生在精神病院里的故事。我每天都去摄影棚看疯子们生活场景的拍摄，把自己也搞得痛苦不堪。于是就觉得怎么也得给安排个明快的结尾。别人都觉得是因为我性格阴暗，所以才写不出皆大欢喜的大团圆结局。

因此，我为自己想到了面具而欣喜不已。让医院里的疯子一个不漏地都戴上微笑面具——这场景，想想就令人愉快！

摄影棚的玻璃屋顶辉耀着绿色。天空中的青瓷色已因中午的阳光而淡化了。我放心地回到旅馆，美美地睡了一觉。

出去买面具的人，在晚上十一点左右回到了摄影棚。

"一大早就开了车去，转遍了京都的玩具店，可哪儿都没有像样的面具啊。"

"快把买到的面具给我看。"

我一打开包装纸，就大失所望地说道：

"这么个玩意儿的话……"

"是吧。不行的吧。原以为面具什么的，哪儿都有，也觉得像是在许多店里都看到过的，可一天跑下来，就只找到了这个。"

"我想象中的面具是那能①面具。如果面具本身不具有艺术气息，那么拍摄出来也只会让人觉得滑稽可笑。"

我拿着纸糊的，凹凸不平的面具，差点哭了出来。

"别的先不说，这玩意儿拍出来是黑不溜秋的吧。那就不行。非得是那种泛着白色光泽的柔和的微笑才好……"

买来的面具，是褐色脸蛋，吐出一条红色舌头的那种。

"现在办公室里正忙着将它涂白呢。"

拍摄告一段落后，导演也从布景房里出来了，大家一起看着面具笑。由于明天早上就要拍摄最后一个场景，所以没法凑齐许多面具了。玩具面具毕竟是不行的，如果到明天还不能收集到旧面具，至少也要用赛璐珞的面具。

"要是没有具有艺术气息的面具，还是不用为好吧。"

或许是看到我大失所望有些于心不忍吧，剧本部的人如此说道。

"再去找一遍吧。现在才十一点钟，京极那儿估计还热闹着呢。"

"能再去一趟吗？"

汽车沿着鸭川大堤笔直地急速行驶。对岸大学附属医院亮着灯的窗户倒映在水面上。见此情形，简直叫人难以想象：那么多的窗

---

① 日本传统戏剧形式之一。

户里面，为数众多的病人正忍受着疾病的煎熬。我甚至想到，倘若找不到合适的面具，干脆将精神病医院亮着灯的窗户展现在银幕上吧。

我们一家家地走访着已经准备打烊了的新京极的玩具店。终于明白没希望了。最后买了二十个纸糊的女丑角面具。虽说也不无可爱之处，可要说什么艺术气息，是一点也没有的。这时，四条大道已经沉寂了。

"稍等一下！"

剧本部的人说着，拐进了一个小弄堂。

"这条街上有许多卖佛具的旧货店，也有能剧的道具的。"

可是，这条弄堂的商店全都打烊了。我只得透过门缝朝店堂里窥视了一下。

"明天早上七点左右再来吧。反正今晚也没工夫睡觉的。"

"我也一起来。到时候叫醒我。"

尽管我这么说了，可那人第二天早上却是一个人去的，等我起床时，那个面具场景已经开拍了。原来买到了五个古乐面具。我原本打算是要用上二三十个同一类型的面具的，可接触到这五个面具那柔和微笑所洋溢着的高雅氛围后，内心倒也平静了许多。仿佛对疯子们尽到了应有的责任似的。

"这玩意儿贵极了，根本买不起，都是借来的哦。大家小心点，弄脏了可就没法还给人家了。"

于是大家就像瞻仰宝贝似的，洗了手，用手指尖夹着观看。

然而，也不知怎么搞的，拍摄完成后，有一个面具的脸颊上沾上了黄色的颜料。

"一洗就会掉色的吧。"

"那就我买下好了。"

其实我早就想要了。我还遐想过，在美好和谐的未来世界里，所有人的面容都变得跟这个面具一样柔和。

一回到东京的家里，我就立刻去了妻子所在的医院。

孩子们轮流戴着面具，尽情地玩笑着。我没来由地觉得很满意。

"爸爸也戴给我们看看。"

"不戴。"

"戴一下嘛。"

"不戴。"

"戴一下嘛。"

二小子站着，要将面具强按在我脸上。

"你要干吗？"

结果是妻子挽救了这一败兴的局面。

"给妈妈戴一下，好吗？"

然而，病床上躺着一个戴微笑面具的人，又是一件多么可怕的事儿啊。

摘下面具后，妻子的呼吸有些急促。可我要说的并不是这个。而是，摘下面具的那一瞬间，妻子的表情是多么的难看啊！我望着妻子那憔悴的脸庞，直感到不寒而栗。这是我第一次为妻子的表情感到震惊。正因为被带有美丽柔和微笑的面具遮蔽了三分钟，才让我首次看到了她丑陋的表情。说是"丑陋"也不对，应该是被摧毁了的痛苦表情。本就是藏在美丽面具之后的，悲惨人生的面孔。

"爸爸也戴一下嘛。"

"这次轮到爸爸戴了嘛。"

孩子们又开始纠缠起来了。

"不戴！"

我站起了身来。我要是也戴上再摘下，妻子就会看到我那丑陋的鬼脸了吧。这美丽的面具真是可怕啊。其可怕之处就在于，会让我产生这样的怀疑：以前在我身边总是含笑盈盈的妻子的脸，会不会就是个假面具呢？她的微笑会不会跟这个面具似的，是一种艺术呢？

不能用面具！不能用艺术！

我给京都的摄影所写了一封电报：

——剪掉面具镜头

可随即，我又将纸条撕了个粉碎。

雪隐成佛

很久很久以前，春日岚山①——

京都大户人家的太太、小姐以及花街柳巷的艺伎、粉头等，一个个都打扮得花枝招展的，来此寻访樱花。却难免会有人来到寒碜的农民家门口，弓着腰，红着脸，打招呼道：

"恕我冒昧，能否借用一下府上的盥洗间？"

结果就被领到屋后，挂着又脏又旧草席的那个地方——每当春风掀动一下草席，京都仕女就会打一个哆嗦。还能听到从屋里传来的"哇——哇——"的孩子啼哭声。

鉴于京都仕女的如此窘相，有的乡下人就灵机一动，盖了个较为洁净的雪隐②，还挂了块招牌，上面用浓墨写道：

借用雪隐
一次三文

---

① 位于日本京都市西部，以春天的樱花和秋天的红叶闻名。
② 佛教语。指厕所。传说雪窦山的明觉禅仙曾在杭州灵隐寺打扫厕所，故有此称。

164

结果在人潮涌动的赏花季节里大获成功，出租者赚了个盆满钵满。

"近来八兵卫那小子靠一个雪隐，一下子就发了。今年春天，我也搞他一个雪隐，叫八兵卫一个子儿都赚不着，你看这主意怎么样？"
村里有个家伙对八兵卫眼红得不行，便对老婆如此说道。

"这不是馊主意吗？人家八兵卫的那个已经是老字号了，有老主顾啊。就算我们也搞个雪隐给人用，毕竟还是新开店呀，要是没人光顾，不就鸡飞蛋打，穷上加穷吗？"

"你胡说些什么呀？我要搞的雪隐，可不是八兵卫那种脏兮兮，没品位的雪隐。听说近来京里风行喝茶，我就打算盖一个茶室的雪隐。别的先不说，光是那四根柱子就不能用脏兮兮的吉野圆木，要用正宗的北山杉。顶棚要用香蒲草编织的。钉上蛭钉。挂吊锅要用铁链，不用那种粗麻绳。怎么样，这个想法不错吧。窗户搞成木骨漏窗。踏板要用有鱼鳞纹的榉木板。便池前的挡板用萨摩杉。便池要黑漆涂边。墙上刷两遍漆。门则用白竹条夹住的柏木长条。屋顶上铺杉树皮，再用蕨绳捆绑青竹片将其压住，搞成大和葺那样的。脱鞋处放置鞍马石。旁边则是加了青竹的四眼篱笆墙。洗手盆是桥墩式的，一旁的松树也要配以婀娜多姿的女儿松。不管他什么千家 ①、远州 ②、有乐 ③、逸见 ④ 的，统统为我所用……"

----

① 指日本战国时代千利休所开创的茶道流派。
② 指日本江户时代小堀远州所开创的茶道流派。
③ 指日本战国末期织田有乐所开创的茶道流派。
④ 疑说话人将箭术流派逸见流与茶道流派搞混了。

他老婆愣了半晌，嘀咕道：

"一次该收多少钱才好呢？"

经过一番艰难的筹划、张罗之后，这个高规格的雪隐终于赶在赏花季节前落成了。招牌是仿唐样式的，并请庙里的和尚郑重其事地写了八个大字：

出借雪隐
一次八文

这个价格，饶是京都仕女看了，也觉得太贵，故而她们来到雪隐跟前，也只是无比向往地发一会儿呆而已。见此情形，老婆就拍着榻榻米骂道：

"你看看！你看看！叫你别搞你偏要搞！花了那么多的钱，还不是落得这么个结果？！"

"你啰里吧嗦些什么？明天你就瞧好吧。我去游客那儿转一圈，保管借雪隐的人排队排得跟蚂蚁串似的。明天我要起个大早，你先给我预备好盒饭。等我外面一圈跑下来，你再看，保管门庭若市。"

老公沉着冷静，一副胸有成竹的样子。

可到了第二天，他却睡了个比平时还要懒的大懒觉。到了巳时他才睁开眼睛。他跳起身来，将衣襟塞进腰带里，把盒饭挂在脖子上，又带着几分哀伤的神情，回头冲着老婆傻笑了一下说道：

"我说，老婆，我这辈子里要干的事儿，你总是横挑鼻子竖挑眼的。总骂我傻瓜。说我在做梦。好吧。今天你就好好瞧瞧吧。只要

166

我去游客中转一圈，保管他们蜂拥而至。要是那便池装满了，你就挂个'暂停使用'的牌子，叫隔壁的次郎兵卫，掏那么一两回。"

他老婆听了依旧是一头雾水。说是去游客中转一圈，总不见得到京城里走街串巷地叫嚷什么"请用雪隐"吧。可就在她纳闷的当儿，就已经有个大姑娘"当啷"一声往钱筒里扔下八文钱，钻入雪隐了。在此之后，借用她家雪隐的游客竟然络绎不绝，川流不息，看得她瞠目结舌，惊诧不已。不一会儿，就不得不挂出"暂停使用"的牌子，非得叫人来出清不可了——如此这般，没等太阳落山，便池就一共出清了五次，收到的钱也多达八贯了。

"这是这么回事儿呢？莫非我家那口子是文殊菩萨转世？他说过的那些云山雾罩，跟做梦似的话，今天总算是成真了。"

老婆喜滋滋地买好了酒菜打算好好犒劳一下老公，但可悲的是，她老公却变成尸体被人抬了回来。

"大概是疝气发作了吧，他死在八兵卫的雪隐里了。"

原来，这家的主人出门后，就直奔八兵卫家而去。扔下三文钱后，他就钻进了雪隐，并从里面插上了铁栓。有人想开门，他就"哎哈、哎哈"地假咳嗽。春天日长，结果他咳得嗓子都哑了，最后连站都站不起来了……

京都人闻听此事后，便说道：

"真是风流陨落啊。"

"天下第一的茶人啊。"

"日本开国以来，首位风雅自杀者啊。"

"雪隐成佛。南无阿弥陀佛。"

竟是异口同声，个个赞不绝口。

化妆的天使们

色　彩

那儿与少年的梦的色彩有所不同。

我看到那色彩后就从家里逃了出来。

我失魂落魄地走着，直到冰冷的针刺入我的脚底为止。

那是大大的南瓜叶上的夜露和尖刺。

眺望广袤的稻村，只有一点亮光。

那是少女在青竹长凳上燃放烟火。

我偷了脚边的南瓜，充当献给长凳的礼物。

少女在长凳上十分爽利地切开了南瓜。

那南瓜肉的橙色，是多么美丽啊！

走遍了全世界的人啊，请告诉我，

哪个国家有如此橙色的女人？

那么在得到答复之前，

即便我爱上了少女，

色彩之神也会原谅我的吧。

风　景

我在有着山峦和田野的村子里长大，却已经忘记了山峦与田野。

我在溪流旁发现了一个少女。

我一心想着与少女合影。

为了让照片有个美丽的背景，我每天循着溪流上行下走，

寻找着合适的岩石、山涧和树木。

如此这般，

我这才领悟到了风景之美。

药

那孩子被卖走了。

您要是早点来就好了。

您给的药她一直珍藏着呢。

她全都带走了。

她是个健康的孩子，

恐怕她一生得感冒的次数，也吃不完那些药。

遇见她时，我和她都得了感冒。

所以那少女才相信那药是治感冒的吧。

雨　伞

她是伞匠街上一家雨伞铺的女儿。

阵雨来了。

伞匠把满院的雨伞都收了进去——我们听到了崭新的油纸上响起的沙沙声。

阵雨停后出门时，姑娘说道：

"我忘了带伞。"

阵雨又来了。

阵雨停后，走出旅店，我说道：

"我忘了带伞。"

姑娘沉默不语，却将我的伞递了过来。

我们像老夫老妻似的，同时撑开了两柄雨伞。

姑娘是从什么时候成了我的人的呢？

在旅店，我平复着已得到满足的感情，

竟忘了去触碰一下姑娘的手指。

就在那天夜里，姑娘去了男人家。

没撑伞的我四处寻找着那户人家，

直到雨水渗透冬衣，直达肌肤。

我必须在那姑娘成为别人的新娘之前，

将她夺回。

为了看新建房屋上的名牌，

一仰脖，积在帽檐里的雨水便"哗"的一声流成了瀑布。

厕所里的灯亮了。

窗户里扔出了一柄伞。

一柄破旧的伞。

白　发

没到二十，已是满头白发。

而且是很容易断的那种。

我用牙齿咬住将其连根拔起。

"我记着呢。我妈就是这么帮我捉虱子的。"

随即，女人就睡着了。

一直拔到天亮，也还是满头白发。

去刷牙时，嘴里全是女人头发的味道。

花

来这儿的火车上，看到窗外开着许多曼珠沙华啊。

啊呀，你不认识曼珠沙华吗？就是那儿开着的呀。

叶子枯萎后，会长出花茎的哦。

教给要分手的男人一种花名吧。

花是每年必定开放的。

恩　人

赤脚走在海边浅滩上，钱包从浴衣怀中掉了出来。

傍晚时分风平浪静，懒洋洋的细浪舔着我的钱包。

我在檐廊上晒着脱胶散架了的钱包。

女人从中发现了一个金襕小袋。

那是从天满宫求来的智慧护身符的袋子。

袋子里有一张小小的照片。

一个乡下姑娘：系着缎子的半幅腰带，眼镜脚插入鬓发。

"这个可爱的女孩是谁？"

"是我的恩人哦。"

"啊，恩人？"——女人仔细端详着照片。

"我陷进池子快要淹死的时候，是她救了我一命。"

可是，我却将那张照片与坏了的钱包一起，忘在避暑地别墅的檐廊上了。

女人看到别的女人就常会想起这事儿来。

"看呐，那人跟你的恩人很像呢。"

其实，一点都不像。

只要看到漂亮女人，她总会这么说。

曾救人一命，还长得跟所有的美人都很像——就在我们如此这般的美化下，听说恩人在某地生下了一个小宝宝。

睡　脸

一睡着，就立刻变成老女人。

一睡着，就立刻变成年轻女人。

哪一个更令人悲哀？——难以断定。

我不认识睡相好的良家妇女。

所以请教了一下娶妓女为妻的男人。

"做老婆还是不行的。

一做了老婆，马上就无所顾忌，行为丑陋了。"

下　摆

醉了，醉了。好冷，好冷。——一个嘟囔着昏昏入睡的女人。

两脚冰冷。

衣服下摆紧紧地缠在脚腕上。

第二天早晨，女人的脸颊通红，跟刚出浴似的。

女人一个劲儿地擦着红红的脸颊，一大早的，两个人就吃起了鸡肉火锅。

我想起来了，

一睁开眼就不见了踪影的女人们。

蚊　帐

一大早，我去找她。

绷得紧紧的白色蚊帐，里面空空荡荡。

旅店的人说了。

"带着随身的东西去男人那儿了。"

来到那男人家的后门口，见她正在给男人洗衣服。

看到我后，她一声不吭地进了屋，开始手脚麻利地换衣服。

随后出来相见，一副"劳您久等了"的模样。

她旅店里的白色蚊帐依然如故。

解开吊绳，两个人跳上了蚊帐。

崭新麻布给人清爽的触感。

"我们去日光 ①，躲在湖水里吧。"

我向书店老板借钱时，留恋着大腿上女人的气味儿。

我给她买来了盛装和化妆盒。

回过神来，发觉没留下去日光的火车票钱。

旅行去不成了，取而代之的是，我给熟睡中的她剪了脚指甲。

---

① 即日光市。位于日本栃木县西北部。著名的风景区，以东照宫和秋天的红叶
闻名。

雨伞

　　春雨如雾，虽不至于把人淋湿，却又在不经意间润濡着肌肤。少女跑到了街上，这才看到少年手里还拿着伞。

　　"啊呀！下雨了吗？"

　　少年撑着伞，可与其说是因为下雨，倒不如说是为了遮掩他走过少女坐着的店铺门口时的羞涩。

　　然而，尽管害羞，少年还是默默地将伞移过去给少女挡雨。少女只让一侧的肩膀进入伞下。少年也被雨淋着，故而想说声"到伞下来吧"并靠近少女，却怎么也做不来。少女也想用一只手去扶住伞柄，却又想从伞下逃走。

　　两人进了照相馆。少年的父亲是个官员，即将远赴他乡。他们要照的，正是离别前的留念照片。

　　"来，请你们并排坐在这儿。"摄影师指着长椅说道。

　　可少年未能与少女并排而坐。他站到了少女的身后。考虑到两人的身体总得有些接触，他让自己那只握住椅背的手，轻轻地触碰到了少女外褂。这是他第一次触碰到少女的身体。通过手指传来的

175

体温，竟让他感到了如同与少女赤裸相拥般的温暖。

恐怕终其一生，每当他看到这张照片，都会回想起少女的体温吧。

"再拍一张，怎么样？两位肩并肩，把上半身照大一点。"

少年点了点头，又对少女低低地说了声："头发——"

少女飞快地抬头看了少年一眼，脸蛋倏地涨得通红，眼里却闪出了喜悦的光辉。她像个小孩子似的，无比天真地，快步跑进了化妆间。

刚才，少女看到少年打店门口走过时，立刻就跑了出来，连整理一下头发都没顾上。她知道自己的头发乱得就跟刚脱下游泳帽似的，也一直对此耿耿于怀。可她又不好意思在男人面前拢起蓬乱的头发，做出化妆的举动来。而少年则觉得倘若说出"整理下头发吧"的话来，会让少女羞愧难当的。

少女奔向化妆间时的那股子快欢快劲儿，让少年也欢快了起来。在此欢快的氛围中，他们俩自然而然地，肩靠着肩，坐到长椅上。

离开照相馆时，少年寻找着自己的雨伞。却看到先出去的少女已经手持雨伞，站在大街上了。见少年望着自己，少女这才意识到自己竟已拿着他的伞出来了。她吃了一惊。而这一无意识的行为，不正体现出，少女这时才发觉这伞是少年的东西吗？

少年说不出"把伞给我"这样的话。少女也无法把伞交还给少年。然而，与来时不同，他们俩已一下子变成了大人，带着夫妇般的感觉回去了。

这便是有关雨伞的，如此这般的一件小事——

化妆

我家厕所的窗子，正对谷中殡仪馆的厕所。

两个厕所之间的空地，是殡仪馆的垃圾场。葬礼用的供花和花圈都弃置在那里。

虽说才九月中，墓地和殡仪馆却已秋虫唧唧，叫个不停。我说，有件有趣的事，便把手搭在妻和妻妹的肩上，带她们来到略有凉意的走廊上。那是在夜晚。到了走廊的尽头，打开厕所门的同时，一股浓郁的菊花香就扑鼻而来。她们发出一声惊叫，把脸凑向洗手池上方的窗口，满窗全是盛开的白菊花。有二十来个白菊花圈，立在窗外。是今天葬礼之后留下来的。妻伸手要摘菊花，说："一下看到这么多菊花，真是几年没有的事了。"我打开电灯。缠在花圈上的银纸，照得灿然发亮。我工作时，不时要去厕所，那天晚上，也不知闻过多少次菊香。彻夜工作的疲劳，一进这馥郁芬芳中，顿觉消失殆尽。俄顷，晨光熹微，白菊愈发泛白，银纸也开始闪光。上厕所时，看到白菊花上赫然停着一只金丝雀。大概是昨天谁家放风，倦鸟忘了回巢。

这情景虽说很美，可我也还不得不从厕所的窗口，看着这些葬礼用的花一天天枯败下去。三月初，写这篇文章的时候，一个花圈上开着红玫瑰和桔梗，我仔细观察了五六天，看花色是如何随着花朵萎谢变化的。

倘如仅是花倒也罢了。可是，透过殡仪馆厕所的窗子，我却没法不看见人。数年轻女子多。男人则很少进去。而老太婆，已算不得那种连在殡仪馆厕所里也要对镜久立的女人了。但年轻女子，大抵要站在那儿化妆。身着丧服在殡仪馆厕所里化妆的女人——看她们涂上浓浓的口红，就像看到舔舐尸体的血盆之口一样，吓得我不由身子一缩。她们倒都不慌不忙，以为没人看见，身上透出一种偷做坏事的罪恶感。

此类怪相，我并不愿瞧。但两扇窗子，常年相向，这种令人嫌恶的巧合，次数倒也不少。我总是赶忙移开视线。所以，看到街头或客厅里女人化妆，要是联想起厕所里的一幕，无疑那正是我的造化。我甚至想，要不要写信，告诉我喜欢的那些女人，假使有一天来谷中殡仪馆参加葬礼，千万别去厕所。我不愿意她们沦入魔女之中。

然而，就在昨天。

我看见殡仪馆厕所的窗内，有个十七八岁的少女，正用白手帕频频拭泪。擦了又擦，眼泪还是流个不住。抽抽搭搭，肩膀直颤。也许是悲不自胜，结果身子竟咚地靠到厕所的墙上。甚至连擦脸的力气也没有了，任凭泪水横流。

恐怕只有她一个，不是偷着来化妆，而是偷着来哭泣的。

我觉得，那扇窗子种下的我对女人的恶意，现在已因她一扫而光。可是这时，出人意料，她竟掏出一面小镜子，对镜咧嘴一笑，然后翩然走出厕所。像冷水浇身，我惊讶得险些叫出声来。

在我，这真是谜一样的笑。

藤花与草莓

　　他们是在秋末结的婚，故而自冬至春，一到晚上，卧房的窗户总是关上的，还会拉上厚厚的窗帘。

　　如今换上了夏天用的轻薄窗帘后，就好像给原先那盲人般的新婚爱情，冷不丁地打开了一扇明亮的窗户似的，让妻子找回了久违了的少女情怀，内心躁动不已，简直舍不得去关上那扇玻璃窗了。这或许是因为轻轻摇晃着嫩叶的夜风吧。

　　"有一股子乳香啊。这初夏的空气，真好闻。"

　　"有乳香的是你自己吧。——昨天还给人写了那样的回信。"

　　"要说，眼下这时节的新绿，也确实带着她姐姐那样的气味儿的。所以那孩子才会怀念起姐姐来嘛。"

　　这里所说的"那孩子"，是指老家那个已经死去了的同学的妹妹。昨天突然收到了那女孩写来的，一封十分纯真的信——整理姐姐的遗物时，发现了一封你写来的信。我这才知道姐姐还有你这样一位同学。啊，真令人怀念啊。我觉得你就是我的姐姐——信中写了这样的话。

那位妹妹，估计也到上女学校①的年龄了吧。正值渴望与人亲近，对同学，尤其是高年级同学怀有梦幻般憧憬的青春年华。估计也正因为这样，仅仅知道已经去世的姐姐曾有过那么个同学，就在心里把她当作自己的姐姐了吧。

"这个年龄段的女孩子，内心敏感，情感丰富，不该好好地加以呵护吗？"

"多半是勾起了你自己的青葱记忆了吧。"

"是啊。那又怎么了？她这位妹妹，我肯定也见到过的，可就是怎么也想不起来了。"

"想不起来还眼泪汪汪地给人家写回信呢。唉，女人的心思真是搞不懂啊。"

窗外，藤萝的花串在夜风中摇曳着。紫色的花朵浮在清澈的月光中，更增添了些许梦幻色彩。妻子觉得丈夫那种居高临下的蔑视口吻，与自己眼下的温情脉脉有些格格不入，便多少带些怄气意味儿地说道：

"那会儿，奈良公园里的藤花也盛开着呢。那攀上高高的杉树树梢的花朵，简直就是我们少女的友谊之花啊。——对了，同学的妹妹我想不起来了，可她的哥哥我却记得还很清楚哦。"

这一招果然见效了。丈夫的眼底立刻浮现出了较真的神色。

"想来也是吧。你们关系亲密，或许还说好了要做亲姐妹什么的，是吧。所以你现在接到了她妹妹的来信还会感到悲伤嘛。"

"或许是吧。不过我们也没那么明确地约定过。她妹妹不是说

---

① 指日本过去对女子进行中等程度教育的旧制"高等女学校"。

了吗？仅仅知道我是她姐姐的同学，她就把我当成姐姐了嘛。我也一样。或许仅仅因为那人是同学的哥哥，我就把他当作自己的哥哥了吧。"

"哦。"

"怎么了？难道你不觉得小女孩的这种情感，是很可爱的吗？"

"是因为嫩叶新绿，才勾起你这份闲愁的。睡觉吧。"

"不过，那位哥哥说起话来可不像你那么的吓人哦。他说，我永远爱你，直到你也爱我为止。而你的信，令我害怕，结果就栽在你手了。可是，女人是不会那么说的。女人会说，永远爱你，即便你不再爱我了。你看，女人跟男人是不同的。女人真没用啊。"

"别再说了。我到下面去给你拿草莓来吃。"

"'水晶念珠，藤花。雪花飘落梅花上。可爱的宝宝吃着草莓'——《枕草子》里有这样的句子呢。清少纳言也生过宝宝吗？小宝宝吃了草莓，嘴唇一定很好看吧。"

妻子这会儿已忘了奈良的藤花，面对着卧房窗外的藤花，幻想起自己所生的小宝宝的可爱的嘴唇来了。

石榴

一夜秋风，石榴叶子便落光了。

树下只露出一圈儿泥土，周围洒满了落叶。

君子拉开木板套窗，见石榴树变得光秃秃的，很是惊奇。叶子落在地上围成一个圆圆的圈儿，更觉不可思议。风吹叶落，本应狼藉一地的。

枝头上结着美丽的果子。

"妈，石榴!"君子喊母亲。

"真的哩……都忘了。"

母亲只看了一眼便又回厨房去了。

从"都忘了"这句话里，君子不禁想到家中的寂寞。日子过得竟连屋檐上的石榴都会忘记。

刚刚半个月前——表亲家的孩子来玩，一来就发现了石榴。七岁的男孩毛手毛脚地爬上树，君子感到一股勃勃生气，在廊下喊：

"再往上一点，还有个大的哪。"

"是啊，可我要摘了，就下不来啦。"

183

可不是，两手都拿着石榴，就没法儿从树上下来了。君子笑了起来，觉得这孩子真可爱。

孩子来之前，这家人压根儿把石榴给忘了。打那以后，直到今早，也未曾想到石榴。

孩子来时，石榴还藏在叶子里，而今早，竟露在半空中了。

树上的石榴，还有落叶围成圆圈儿的泥土，凛然强劲；君子走到院子，用竹竿去摘石榴。

石榴已经熟透了。饱满的石榴籽儿，把石榴给胀裂开来。放在廊檐下，石榴籽儿在阳光下粒粒晶莹闪亮。阳光射穿了每一粒籽儿。

君子觉得似乎委屈了石榴。

回到楼上，君子麻利地做起针线活。十点钟光景，听见启吉的声音。木门大概开着，启吉像似径直走到院子里，劲头十足，急口说着什么。

"君子，君子！阿启来啦。"

母亲大声喊道。

君子慌忙将脱了线的针插在针扎上。

"君子也一直念叨，想在你出征前见上一面，可她又不好意思去，你也老不来。好了，今儿个……"母亲说着，要留他吃中饭，可是，启吉似乎急着要走。

"这就难办了……这是我们家结的石榴，你尝尝吧。"

君子下了楼，启吉目光迎着她，仿佛望眼欲穿似的，一直望着君子，君子不禁有些逡巡。

启吉的眼神忽地显得情意绵绵。这时，他"嗳呀"一声，石榴掉在地上了。

两人对面相视，微微一笑。

君子发觉彼此相视而笑，不由得两颊发热。启吉也赶忙从廊下站起身来，说：

"阿君要保重身体呀。"

"启吉哥更要当心……"

君子刚说一句，启吉已转过身侧向君子，跟母亲告别。

启吉已经走出院子，君子依然朝院子的木门望去。

"阿启真是急性子，多可惜呀，这么好的石榴……"

母亲说着，便俯下身，伸手捡起石榴。

大概是方才启吉眼里含情脉脉，手里漫不经心地掰着石榴，一下子掉下来的吧？石榴没掰开，露籽儿的那面着了地。

母亲到厨房把石榴洗净拿来，喊了声：

"君子！"

便递了过来。

"我不吃，多脏呀！"

她蹙着眉，一缩身子，蓦地脸上飞红，刹时张皇失措起来，只得乖乖地接了过来。

上面的籽儿启吉似乎咬过。

母亲在一旁，要是不吃，反倒不自然，便若无其事地咬了一口。石榴的酸味浸满齿牙。君子感到一缕悲酸的喜悦直透心底。

君子此时此刻的心情，母亲压根儿没理会，竟起身走开了。

经过镜台时，"哎哟哟，瞧我这头发。这么乱蓬蓬的，给阿启送行，多寒碜呀。"说着坐了下来。

君子一动不动，听着梳头声。

"你爹刚死的那阵子，"母亲慢条斯理地说，"我怕梳头……一梳起来就常常愣神。有时会忽然觉得，好像你爹正等着我梳完头呢。等回过神来，不禁吓一跳。"

君子想起，母亲经常吃父亲吃剩的东西。

不由得一阵心酸。那是一种喜极欲泣的幸福之感。

母亲不过是觉得可惜而已。方才仅出于这种想法才把石榴递过来的吧。母亲一直是这么过日子的，许是成了习惯，无意中就流露了出来。

君子私下发现这份喜悦，当着母亲的面却又感到难为情起来。

然而，启吉虽然不知，君子却觉得自己是满怀着送别之情，而且会永远等着他的。

她偷偷望了母亲一眼，阳光照在镜台背后的纸拉门上。

倘如再去吃膝上的石榴，君子觉得未免有些过分了。

十七岁

"银杏果落下来了"——受妹妹之邀后，姐姐也来到寺庙的院子里。见银杏树荫下的地藏堂墙上贴着一张纸，上面写着"不准在此玩耍"。仔细一看，却发现那几个毛笔写的大字旁，还有小孩子用铅笔写的两个小字："讨厌"。

知道这两个字是妹妹写上去的之后，姐姐就慌忙将她带了回家。在家里受到训斥后，妹妹也害怕了，后来就不再去寺庙的院子里玩了。

然而，经过这事之后，"讨厌"这两字，似乎就成了妹妹的爱称。后来不管遇到什么不顺心的事儿，只要妹妹不愿回答，姐姐就会在一旁替她说："讨厌！"妹妹听了自然会生气，后来，连母亲也开始用"讨厌"来取笑她了，并且说得有腔有调，一派天真童趣。再后来，有事要吩咐妹妹去做的时候，也会用这样的声调叫她"讨厌小姐"了。

回想起大约十年之前的这事儿后，妹妹在医院里给姐姐写信时，就想到可署名为"讨厌"了。想到此，她颇为开心地削起了铅笔。

不料铅笔芯啪的一下就断了。她一口气吹走了掉落的铅笔芯，又削了起来。这时，她觉得眼睛里有个什么东西在闪闪烁烁的。定睛一看，发现不是自己的眼睛里有什么东西，而是雪白的床单上有个黑色的，米粒大小的东西在移动。

"啊，真讨厌！"

那不就是折断了的铅笔芯吗？正被比它更小的蚂蚁搬运着呢。她猛地拍了拍床单。小蚂蚁与铅笔芯一起弹了起来，随即又抱着铅笔芯落了下来。真好玩。她又拍了一下。比上次弹得更高了，可小蚂蚁依旧紧紧地抱着铅笔芯。她颇为惊讶地凝视着小蚂蚁，见它身体的颜色很淡。

当她发觉是铅笔芯并打算将其扔到什么地方去时，再仔细看看，那小蚂蚁仍在认真地搬运着呢。它那极细的脚以人眼难以分辨的速度挪动着。时不时地它也会突然停下，然后又移动起来，就跟电动玩具似的。看着看着，她觉得自己就变成了一只小小的蚂蚁，并感到床单是那么的辽阔。这雪白的棉布简直就是无边无际的雪原或冰面。渐渐地，她没来由地感到了深深的悲哀。

得病之后，她就常为一些极细微的小事而伤感。这种伤感不仅很孩子气，还时常会勾起她孩提时的回忆。而每次有所察觉后，她就会为意识不到自己的年龄而深感不安。直到年满十七岁的现在，她还从未真正考虑过自己的年龄。头一次考虑自己的年龄时，她就为自己是否不会再长大了而惶恐不已。

有一次母亲来探望时，说了句"昨晚到院子里一看，见咸梅干已经带上夜露了"。这话就十分奇妙地触动了她的内心。她觉得似乎到了深更半夜的时分，自己一个人就被置于时间之外了——

"啊呀，咸梅干已经带上夜露了。"

母亲在院子里嘟囔道。小妹妹听到后，急忙起身"咚咚咚"地跑了过去，结果把蚊香踢翻了。于是小妹妹就弯下腰去捡香灰。一捏，香灰碎了。她继续专心致志地，一点一点地捡着香灰。

——母亲说，小妹妹也会做那种事儿了。后来她回想起来的时候，眼前不仅浮现出了小妹妹捡香灰的身影，还有带着夜露的可爱的咸梅干。她感受到了众人皆睡之后的，万籁俱寂的城市。

"大家都睡了。我爱你们。"

她稍稍张开双臂，略略摆出一个拥抱的姿势。

"感谢你们让我这么躺着。"

说完，眼泪便夺眶而出。战争时期，能让自己作为一个病人而这么躺着，她觉得应该表示感谢。同时又十分单纯地觉得，自己这样的身体，什么都干不了，就只能做个好人了。

刚才像个孩子似的跟小蚂蚁玩了一通过后，也不禁悲从中来，她觉得自己仿佛在年龄的阶梯上踩空了。于是就闭上眼睛，躺了下来。本想对小蚂蚁说一声"请把铅笔芯搬走吧"，可话未出口，自己先就觉得索然无味了。

恰在此时，姐姐来探望她了。妹妹一下子心情大好，重新坐起了身体。

"我刚还在给姐写信呢。"

"是吗? 给我看看。"姐姐伸出了手来，妹妹却摇了摇头，将信藏到枕头底下去了。

"真是个孩子。可不能因为生病了就净撒娇哦。"

姐姐凝视着妹妹，怔怔的眼神中透出了孕妇的疲惫——也只是一瞬而已。随即，她就在妹妹的病床上打开了手提袋。

"你姐夫的照片。写着'孩子他妈来信了'的照片哦。"

是姐夫站在中国房屋的墙前拍的照片，模样颇为呆板笨拙，下方写着"孩子他妈来信了"。

姐姐把脸凑近已经递给了妹妹的照片，说道：

"'孩子他妈'就是我哦。一说起'孩子他妈'，似乎心里就有着落了。让人觉得怪怪的，可听说军队里都这样的。"

姐姐嘴里说着，眼睛一直没有离开照片。姐姐的肩膀触碰到了妹妹身体，这样的亲昵已经好久没有过了，惹得妹妹心头怦怦直跳。她心想，要是姐姐就这么着一滴不漏地渗进自己的身体，又会怎样呢？

可姐姐已经站起身来，在一把稍稍离开一些的椅子里坐了下来，带着一种办完了一件事似的表情望着妹妹。妹妹察觉出，姐姐刚才老是俯着身子，现在像是想要歇一会儿了。等到妹妹抬起头来，姐姐将一个大包袱放到大腿上，说道：

"你猜猜，里面是什么？孩子出生前我大概是回不了娘家了，就跟妈开了口，要了来了。"

说着，她解开了包袱上的结。

"看看，还记得吧。"

"啊呀。"

是四岁时就死掉的上面的姐姐的新衣服。

190

"本来想出嫁时就带走的，可真到了那会儿就说不出口了。这次给孩子穿，就好开口些了。心情也跟上次不一样了嘛。"

红白两色群鹤图案的窄袖和服、红底绣金线菊花的小坎肩、紫底印白牡丹的披风、红绉纱的长衬衣——妹妹一眼就认出来了。

小时候，姐姐和妹妹都不知道上面有那么一个姐姐。到了晒衣服的季节，看到了这些小孩子的衣服后，姐姐虽说也记不清了，可总觉得自己以前是穿过的，所以一点也没多想。后来是从大姑那儿听说上面还有姐姐的事儿的。不过那时姐姐已经十分懂事，到了能够佯装不知父母的伤心秘密，并决定要待父母更好些的年龄了。她后悔听到了这事儿，也暗暗发誓决不告诉任何人。可后来还是悄悄地告诉了妹妹，为自己制造了一个分担伤感的伙伴。

"可是，现在还不知道是男孩还是女孩吧。"妹妹说道。

"应该是女孩。"姐姐轻而易举地就打消了妹妹的疑虑，"看了我这样子后，妈妈说了，'是个女孩吧'。说来也是，我们家就爱生女孩。"

"让孩子穿死人的衣服，好吗？"

"这有什么呀？再说了，现在还能讲究这些吗？当然了，要是别人家的就不要了……"

"如今，穿这么好的衣服可扎眼啊——"妹妹说到一半就停下了。她为自己竟然会有既像是可惜这些衣服，又像是嫉妒姐姐的感觉而感到震惊。

"姐，你生孩子时也不回家吗？"

"嗯，不打算回去了。'孩子他妈'的老公不在家嘛，还是不回去的好啊。"姐姐笑了，随即又像是忽然想起了似的说道：

"我们还没问过上面的姐姐的名字，是吧。我以前曾跟你说过，我要是生了女孩，就佯装不知地给她取上面那个姐姐的名字，让爸妈大吃一惊。你还记得吗？可我现在觉得幸好没问。孩子的名字，可不能凭着少女的伤感来取的。还是让在战场上的她爸来取吧。我这种女人的心情，还是别去动孩子的名字吧。"

妹妹点了点头。

"下次，或许我就会让孩子穿着这套衣服来看你了。让你也快点好起来。妈对我说了，'你让孙儿穿上这衣服，漂漂亮亮的，你妹妹也会好起来的'。妈妈想得真周全，真是用心良苦啊。"

妹妹的眼泪夺眶而出。她赶紧用双手捂住了脸。姐姐慌忙安慰她，并将她的情绪波动归罪于疾病。这样反倒让妹妹平静了下来，接受了姐姐的抚慰，内心也轻快起来了。

然而，随着自己的内心得到净化，却又产生了新的悲哀。那就是，自己居然什么也不懂。她觉得自己要是能多理解一些母亲和姐姐就好了。这样的爱在她的心里翻腾着。自己想要拥抱母亲和姐姐的生活方式，结果手还没够着自己就先倒了下来，反倒像个孩子似的被她们拥抱着。就连姐姐的心思，自己也不理解。

可她的这份心意似乎是能够感天动地的。当她在内心朝着远方合掌祈祷，希望上天保佑姐夫，保佑即将出生的孩子时，她显得是那么的生气勃勃，难能可贵。

裙带菜

医院里的夜晚来得比较早，一到九点半就寂静无声了。到了夜里，就连药味儿也都透出春天的气息来了。由于今夜要值夜班，所以我白天外出了。眼下，回想起白天电车里所遇见一幕场景不免忍俊不禁，但独坐孤单，依旧有些怠倦。

电车里，有人将写有"专供各中学"的装帽子的纸袋放在大腿上，也有的母子同来，上车后母亲走到车厢里面落座，而戴着学生帽的男孩子却腼腆地站在售票员的位置上。

有一个女人心无旁骛地在拆解乱丝。那团乱丝并不大，似乎一把就能将其纳入掌中。红色的丝线和另一种说不清是淡蓝色还灰色的丝线纠缠在了一起。她左手的小指上卷着一张明信片，权作卷线板，双手的手指轻快地拆解着乱丝，找到线头后就抽出来，绕在小指上。她将红色丝线绕在小指根部，将淡蓝色丝线绕在小指尖处，将两种颜色的丝线分开。一边拆，一边绕，一边绕，一边拆，十分灵巧，十分熟练，连一些胶葛纠结的地方都能轻松地分解开来，叫人看着简直觉得不可思议，一点也不觉得不耐烦。干得顺畅的时候，那个线团在她大腿上翻滚腾跃着，就跟在跳舞似的。虽说有时候线头短，绕完后线团就掉下去了，可她依旧心无旁骛地继续拆着，绕着，在旁人眼里，丝线与指头仿佛已连成一体，像一个活物似的，生机勃勃。

为了能让身体轻松地前倾，那女人十分自然地伸展开双脚，我悠然地望着她，竟在不知不觉间也采取与她同样的姿势。

或许是因为眼下丝线供应紧张，她才拿出线团来拆的吧。要是在以前，恐怕直接将毛线球放在大腿上编织衣物了。不，这个女人肯定是从战前那会儿起，就一直是这样的。她脸颊紧绷，俯视着的眼角略略上挑，下车时，匆匆地将线团往袖兜一塞，站起身来就走，显得多少有些疲惫。就是个四十出头的寻常妇女。

在医院值夜班时想起这事，觉得那女人展示出了幸福的一面，心里还颇为激动的，可现在就为此感到有些好笑了，不过仍觉得那是愉快的一刻。随后，我就从容不迫地给老家写起了信来。

"对不起。来了个食道里有异物的病人。请开一下 X 光室。技师也叫来了。"

一个耳鼻科的护士跑来，多少有些慌张地说道。

"好的。"

"麻烦您了。"

这回她放低了声音，说完后走上了一步，就在我身边站着。

我拿着钥匙走了出去。走廊上的电灯光相当昏暗。

打开了 X 光室那沉重的门后，机械的轮廓就在一片昏暗中颇为异样地呈现出来了。我用手摸索着开了电灯。很快就传来了脚步声。紧接着就走来了 X 光技师、医生、抱着个三岁男孩的护士，所谓病人，看来就是这个男孩。男孩的父母也跟着来了。

"透视和拍摄，有劳你了。"医生对技师说道。

我跟在技师后面进了屋，又走过他的身旁，去拉好了黑色幕布，做好了准备工作。

技师一边调整着器械一边问道：

"吞下了什么东西了？"

"说是围棋棋子。"医生答道。

"围棋？"技师稍稍回头望了一下，像是要确定一下孩子的年龄似的。随即又嘟囔道，"是把它当作点心了吧。"

听了他这话谁都没笑，孩子的母亲愈加惊慌失措了。

"不，不是这样的。围棋每天都下。孩子，孩子他……你就在孩子身旁，怎么就没看住呢？孩子他爸。"

孩子的父亲板着脸，一声也不吭。

那孩子也一脸的满不在乎，护士给他脱衣服时，他说道：

"我没吞，我没吞，我说了，我没吞啊。"

说着，他还舞动双臂，想要到母亲那儿去。护士好不容易才脱光了他的衣服，让他躺到了透视台上。

"好了——"

这一声吆喝过后，房间里就变得一片漆黑，随着"咯吱吱"的一阵声响，荧光板上映出了一副可爱的骨骼。

躺在冰冷的台面上的孩子又哭又闹，护士们从两边极力将他固定住。医生一边调节着光圈一边看着荧光板，少顷便"哦——"地叫了起来。护士们听到后也过去看了看。

一枚围棋棋子卡在食道里。

当即拍摄了 X 光照，并马上将孩子送入了手术室。施加了乙醚麻醉后，赤身裸体的男孩那圆滚滚的身体就躺在明晃晃的房间里，可爱极了，仿佛伸手一摸就会被他吸住似的。

医生戴着额带镜进来了。护士看了一眼他手里那细长的器械，嘟囔了一声"嘴巴真小啊"，就掰开了男孩的嘴。

医生将那器械伸进孩子的喉咙深处探寻了一下，但没取出围棋棋子。第二次，第三次，还是没取出来。护士们看着他的手，心里急不可耐。

"不行啊。"医生将器械在手里重新握好，又试了一下，可还是没取出来。

"要不，变个戏法？去办公室取一枚围棋子来，跟家长说声'看，就是这个'？"

年轻值班医生开了玩笑，随即又无奈地叹了口气。

"那你能变个戏法让孩子咽得下饭吗？"

年长的护士怒气冲冲地说道。

"到那时，就另请高明了呗。"

见他说得如此轻巧，护士纷纷露出了冷笑。急不可耐！

医生又拿起了那器械，说了声："真是难以对付的一子啊。"

这回护士们也都把心提到了嗓子眼，全都不知不觉地张开了嘴。就在此众目睽睽之下，一枚围棋子"吧嗒"一声掉了出来。

"就是这玩意儿呀。"

扔下了器械的医生，用纱布罩着将棋子捏了起来。护士们也都松开了抓住男孩的手，颇为感慨地看着这枚围棋子。

"啊呀，这样子啊。"

"就这么个玩意儿呀。"

"喂，孩子醒了。"医生说道。

"哦，好，好，"耳鼻科的护士赶紧跑过来。"哦，来吧。"她刚要抱起来，"喂，让我抱一会儿！"旁边有人伸出了手来。

"啊呀，你真会卖乖。这会儿来讨好儿了。"耳鼻科的护士说道。

男孩正在发愣，被人一抱立刻耷拉下嘴角，眼眍着就要哭出来了。

"哦，哦，好了，好了。已经完事儿了哟。"

那护士抱着孩子摇晃着刚要迈步，见他母亲闻讯跑来了，就赶紧将孩子交到了她手里。

"多谢！多谢！啊呀，这下总算好了。疼吗？不疼吧。"

"是这个吧。"

看了医生给的围棋子后，孩子的父亲就"哦"地应了一声，伸出了手去，可见医生像是忘了把棋子交给他了，就只得看着它说了句：

"果然是春宵一石值千金 ① 啊。"

"去把这个给洗一下。"

听到医生如此吩咐护士后，父亲又说道：

"不用，不用。就这样好了。哦，是黑子啊。不过，说不定还是黑子好呢。要是白子的话，滑溜溜的，就更难夹了吧。"

不料医生像是被激怒了似的问道：

"这么说来，你是执黑的了？"

---

① "石"在日语中与"刻"的读音相同。

"非也，非也。是死子。是吃掉的对方棋子。"

"哦，是这样啊。"医生苦笑道。

父亲给孩子看了那枚棋子，一本正经地说道：

"危险啊，孩子。这玩意儿以后可不能碰了哦。"

照我看来，心思全花在与客人下棋上，连孩子吞下了棋子都不知道的这位父亲，才是真正的危险。于是这位风度翩翩的父亲，在我眼里也变得滑稽可笑起来了。

回去时走在走廊上，连护士们也都乐滋滋的。

坐回到值班室的椅子上后，我准备接着写信，便闭上眼睛，稍稍静了静心。

"是海滨 ①。在涨潮呢。"

我仿佛听到那孩子的父亲在这么说，脑海里便不由自主地浮现出了故乡的海滨来。眼下，快到晾晒裙带菜的季节了。

穿过种着芋头的后院，推开高高的竹篱笆上的小门，眼前便是一片深蓝色的大海。还有黎明时分的乳白色的沙滩。

出了小门，脚就"噗嗤"一声陷入深深的沙丘里。一边留意着不要踩上肾叶天剑一边往头上裹着手巾朝海边小屋走去，拿出草席，"骨碌碌"地摊开。

准备好竹针，与随意坐在海滩各处的人们闲聊着，等待最先打鱼归来的渔船。

渔船一靠岸，大伙就站起身来，提着篮子迎上去。

跟往常一样，将棕色的，厚墩墩，滑溜溜的裙带菜装满篮子。

---

① "死子"在日语里的发音与"海滨"相同，故会有此联想。

然后一根根地取出来，用大拇指的指甲从它根儿上掐断，一片片地摊开。

啊，晒裙带菜的季节里，今年回去一趟吧。可是，说不定在此之前得先去一趟野战医院啊。

老家的报纸上说，新鲜的裙带菜慰问品令子弟兵大感欣慰。

倘若要上战场的话，就让家里寄来裙带菜，做成美味的家乡菜给伤病员吃，再跟他们聊聊日本海岸的春天景象。啊，今天也是个好日子啊。

五角银币

一

在月头上拿到两块零花钱后，母亲总要亲手将一个五角银币放入芳子的那个小钱包里。这已经成了一种习惯了。

在那会儿，五角银币已经很少见了。芳子觉得，这种看似轻薄实则沉甸甸的银币，能让她那个小小的红皮钱包变得堂皇而威严起来。而她又时常留意不随便花掉这枚五角银币，故而常常到了月底，银币依然待在手提包中的小钱包里。

她的同事会时而去看电影，时而上咖啡馆坐坐，芳子尽管也不排斥这种姑娘们的享乐，却又总觉得这是与自己的生活无缘的。与此同时，正因为她从未有过如此经验，也就感觉不到什么诱惑了。

芳子非常喜欢吃一种一角钱一根的，带咸味的长条面包。因此，除了每周一次，下班途中顺路去百货商店买一根这样的面包，就没什么需要她花钱的了。

有一天，芳子在三越百货商场的文具柜台看到了一尊用玻璃制成的镇纸。六角形的，上面还有个小狗雕像。那小狗太可爱了，她不由自主地就将镇纸拿在了手里。凉冰冰，沉甸甸的手感舒服极了，一下子就将本就喜欢精巧玩意儿的芳子的心给勾住了。她将镇纸放着手掌上，左看看右看看，反复端详了好一会儿，最后还是悻悻然地放回了盒子。这个镇纸要卖四角钱。

第二天，她又来了，跟昨天一样，出神地看着那个小狗镇纸。第三天，她也来看了。就这么着，一连看了十天，她终于下定了决心。

"请给我这个！"

当她说出这句话时，觉得心头怦怦直跳。

回到家里后，母亲和姐姐起先还笑话她，说：

"怎么买了这么个玩具似的东西呢？"

可当她们拿在手里端详之后，就赞不绝口了。

"啊呀，做得还真漂亮啊！"

"太精巧了！"

还拿到电灯前照着光翻来覆去地看。

确实，抛光的玻璃面与毛玻璃般朦胧的雕像处理得十分和谐，六角形也切割得十分精巧，颇具品位。对于芳子来说，这就是一件艺术品。

对于已经花了七八天来确认其值得拥有的芳子来说，别人说好说坏如今早已无所谓了，可即便如此，得到了母亲和姐姐的认同，她还是颇觉得意的。

只不过买一个四角钱的小玩意儿，就犹豫了十来天，这似乎是要被人嗤笑为小题大做的。可不这样做，芳子的心里就过不去。她从不心血来潮地一觉得好就买下，随后又懊悔不已。不过那种为了看透一件东西的价值而一连看上好多天并反复掂量的老谋深算，才十七岁的芳子显然也是没有的。她只是刻骨铭心地觉得金钱珍贵，生怕自己随随便便地花出去而已。

三年过后重提镇纸之事而惹得大家哈哈大笑时，母亲深有感触地说道：

"那会儿，你真是太可爱了。"

其实，芳子所拥有的东西，每一件都带着个如此这般，叫人忍俊不禁的小插曲。

二

考虑到按照从上往下的顺序来购物较为轻松，她们首先坐电梯上了五楼。这天是星期天，母亲很难得地叫上芳子，一起来到了三越百货商场。

要买的东西全买好后，她们回到了一楼。母亲则理所当然似的走入了专卖打折商品的地下特卖场。

"那么多人。妈，还是算了吧。"

芳子嘟囔着，可母亲根本就听不见，看来她已经被特卖场里那种争先恐后的气氛所感染了。

特卖场像是专为引诱人们乱花钱而设立的，那么母亲又会怎样呢？——跟在后面的芳子，以观察者的心态与母亲拉开了一段距离。这里的冷气效果很好，倒不觉得怎么闷热。

母亲先是买了三本两角五分的便笺。她回头看了看芳子，两人都笑了。近来母亲时不时地就用芳子的便笺，没少被芳子埋怨，故而母女俩这么相视一笑，还包含着"这下可以放心了"的意味。

随后，母亲就被吸引到了人聚得更多的厨房用品柜台和内衣柜台。可她又没有分开众人的勇气，只得伸长了脖子在人背后看看，或从人缝中伸手进去摸一下。最后，一样东西也没买，带着些许遗憾和不甘，朝出口处走去了。

来到出口处后，母亲立刻就抓起了一把阳伞，说道：

"啊呀，才卖九角五分啊！啊……"

随后她又将一大堆阳伞翻了个遍，见每一柄都贴着九角五分的价格标签，大为惊讶地说道：

"便宜啊。芳子。你看，这不是很便宜吗？"

话音未落，她就变得神采飞扬了起来。仿佛刚才的那种遗憾、不甘终于找到了一个发泄的口子了。

"是吧，芳子。你不觉得便宜吗？"

"是啊，真的很便宜。"说着，芳子也拿起了一柄。母亲自己手里拿着一柄呢，可又将芳子的那柄抢过去，并打开了。

"光是买这副骨子就很合算嘛。伞面虽说是人造丝的，可也挺结实呀，不是吗？"

做工这么好的东西，为什么卖得这么便宜呢？一转到这么个念头，芳子反倒有些反感了，仿佛遭到了残疾人的强行推销似的。母亲这会儿正翻找着符合自己年龄的阳伞，看了一柄又一柄，有时还打开来看看，十分的投入。芳子在一旁看了一会儿后说道：

"妈，普通的阳伞，家里不是有的吗？"

"嗯，可是那柄……"她只看了芳子一眼，继续说道，"已经用了十年，不，十五年了。用旧了，也太老式了。再说了，芳子，这伞要是转让给什么人，人家也肯定高兴啊。”

“是啊。转让给别人倒也不错。”

“无论是谁，没有不高兴的。”

芳子笑了。她心想，莫非妈妈已经想好了要让给谁了？可身边没这样的人啊。要是有，也不会模棱两可地说什么“什么人”了。

“我说，芳子，你觉得怎样?”

“嗯……”

芳子有气无力地应了一声后，也来到母亲身旁，帮她挑选起合适的阳伞来。

一些身穿薄薄的人造丝服装的妇女，嘴里说着“便宜”“便宜”，络绎不绝地来到这里，买了就走。

渐渐地芳子就觉得表情僵硬，双颊泛红的母亲有些可怜了，同时也为自己的优柔寡断而生气。

“快点吧，随便买一柄就行了!”

她刚想这么说，可才一转身，就听母亲说道：

“芳子，我们不买了。”

“啊?”

母亲的嘴角浮起了弱弱的微笑，像是要抖落什么东西似的，将手搭在芳子的肩上，离开了那儿。这次，就轮到芳子心有不甘了，不过走出了五六步之后，她也就想开了。

芳子抓住母亲放在自己肩上的手，攥紧了重重地甩了一下，就贴近母亲，肩并肩地快步朝出口走去了。

这是七年前，昭和十四年的事情。

三

住在铁皮顶窝棚里的芳子，每逢下雨，就觉得当时要是买下那柄阳伞就好了。有时她稀里糊涂地还想跟母亲开玩笑说："妈，现在已经涨到一两百块了！"可她妈妈已经在神田的大火中被烧死了①。

那柄阳伞当时要买下来的话，恐怕也早就烧没了吧。

那个玻璃镇纸倒是侥幸保存了下来。横滨的夫家横遭战火蹂躏时，芳子拼命地将手边的东西塞进应急袋，那个镇纸也在其中，如今成了她在娘家时唯一的纪念品了。

从傍晚起，胡同里邻居家的姑娘们就开始发出奇妙的声音了。据说她们一晚上就能赚上一千块。那个镇纸，就是芳子在她们那个年龄时，犹豫了七八天才买下的。芳子将它拿在手里，端详着可爱的小狗雕像，想到周边那兵燹劫余的街市中，居然连一条狗都没有了，便怵然心惊。

---

① 二战末期，美军曾大规模轰炸东京。

红梅

　　父母亲对坐在暖笼边上，望着开了两三朵红花的老梅树，正争执不下。

　　父亲说，老梅树几十年来都是从底下的枝上先开花，从你嫁过来就一直没变过。母亲则说，我可从来不觉得。母亲没有附和父亲的感喟，父亲有些不服气。母亲便说，从嫁到你们家，哪有闲工夫看梅花。父亲又说，那怪你糊里糊涂空度岁月。比之老梅的寿命，人的生命何其短暂！父亲不免生出这样的感喟，可这感喟至此似乎已被打断。

　　不知不觉中话题扯到正月的点心上。父亲说，他正月初二在风月堂买过点心回来。母亲却愣说没那回事儿。

　　"你这人，我先叫车在明治糕点公司等着，后来又坐那辆车去了风月堂，明明两家的点心都买了的！"

　　"明治的点心倒是买了……可是从我到你们家，就没见你买过什么风月堂的点心。"

　　"别夸大其词了。"

“本来么，我就没吃过。”

“你别瞎说了。正月里你不也吃了么？我明明买回来了么！”

“哟，真讨厌！你简直是说梦话……不吓人么？”

“唔……”

女儿在厨房里准备午饭，一边听着他们争论。她知道事情的真相，但不想插嘴，只笑着站在锅旁煮东西。

“你真的拿回家了么？”母亲似乎有意承认父亲在风月堂买过东西，可是又说，“我没见过呀！”

“拿倒是拿回来了……要么，忘在车上了？”

父亲对自己的记性也拿不准了。

“怎么会呢……要忘在车上，司机会送来的。他不会偷偷拿走。那是公司的车呀。”

“倒也是。”

女儿有些不安。

母亲显然忘得一干二净，真是怪事。父亲被母亲强词夺理一说，竟没了自信，也挺奇怪。

正月初二那天，父亲乘车兜风，在风月堂买了许多点心回来。母亲她也吃了的。

沉默了半晌，母亲蓦地想了起来，便痛痛快快承认说：

“嗳呀，那些点心——你是买过。”

“就是嘛！”

“又是黄莺饼，又是铜锣烧的。家里本来就有许多点心，当时真叫人难办。”

“就是嘛，我是买回来过。”

"可是，那堆蹩脚货，是在风月堂买的么？那种东西？"

"是呀。"

"噢，对了，我给人了，没错儿。还包上纸，是我给的……那么，给谁了呢？"

"不错，是给了人。"

父亲如释重负一般，声音透着轻松。随即又说：

"是不是给房枝了？"

"噢，好像是。像是给了房枝了。没错儿！我还说呢，不能叫孩子看见，就包起来偷偷给了她。"

"没错儿，是房枝。"

"嗯，这就对了，是给了房枝了。"

父母的对话已告一段落。两人觉得说到了一处，好像彼此都挺满意。

可是，这与事实不符。点心没给原先的女仆房枝，而是给了邻居家的男孩。

女儿悬着心，怕母亲别是又像方才那样想起这件事来。但起居室里静悄悄的，只听见铁壶噬噬的声音。

女儿端上做好的午饭，摆在暖笼桌上。

"好子，方才的话你都听见了？"父亲问。

"听见了。"

"你妈老糊涂了，真麻烦。而且，越来越固执。你呀，给你妈当个录事吧。"

"你爸又怎么样……尽管今儿个风月堂这件事算我输了。"母亲说。

关于房枝的事，女儿刚要开口，却又把话咽回去了。

那是在父亲去世前两年的事。当时父亲得了轻度脑溢血，不大去公司上班。

后来老红梅树依旧先从底下开花。女儿常常想起父母关于风月堂的一席话。但她没同母亲提起。因为她觉得母亲似乎已忘了这回事……

布袜

我不明白，像姐姐这么个温婉可爱的人，怎么会现出那么个死相呢？

她在黄昏时分陷入昏迷，随后便反弓起身体，紧握着的拳头也剧烈地颤抖了起来。这些都停止后，她的脑袋就朝左边一歪，差点从枕头上掉下来。这时，一条白色的蛔虫从她半张着的嘴中缓缓地爬了出来。

蛔虫那怪异的白色，日后也时不时清晰地浮现于我的脑海。每逢这时，我就会想起白色的布袜。

在往姐姐的棺材里放各种东西时，我说道：

"妈，布袜呢？把布袜也放进去吧。"

"对，对。把布袜给忘了。这孩子的脚长得好看嘛。"

"是九文 ① 半的哦。别搞错了。把妈或我的放进去了可不行啊。"我叮嘱道。

---

① 日式短布袜、鞋子等尺码单位。1 文约为 2.4 厘米。9 文约为 21.6 厘米。

我之所以提出要放布袜，自然也是因为姐姐的脚长得小巧好看，同时也和一段与布袜相关的往事有关系。

　　那是我十二岁那年十二月份里的事儿了。附近镇子上正举办为了宣传"勇"牌布袜的电影大会。走街串巷的乐队举着红色的旗幡也转悠到我们的村里来了。听说乐队散发的传单里也夹杂着电影票，所以我们这些村里的孩子就屁颠颠跟在乐队的后面捡传单。其实，用作电影院的入场券的，是贴在布袜上的标签。那会儿，除了有庙会或过盂兰盆节以外，村里人几乎是没机会看电影的，所以布袜卖得很好。

　　我捡到了一张画有市井豪杰图案的传单。一到傍晚，我早早地就去镇上的小剧场前排队了。老实说，我那会儿心里七上八下，十分惶恐。我心想，或许不让进吧。

　　"什么呀，这不就是一张传单嘛。"

　　果不其然，我在检票口遭人嘲笑了。

　　灰溜溜地跑回家后，也不知为什么，我没有进屋，只是呆呆地站在井台边，心里委屈极了。姐姐提着水桶出来，问了声"你怎么了"，将手搭在我的肩上，我却用手捂住了脸。姐姐放下了水桶，取来了钱。

　　"快去吧！"

　　我跑到拐角处，一回头，见姐姐还站在那儿目送着我呢。我一溜烟地跑到了镇上的布袜店，人家问我：

　　"几文的呀？"

　　我张口结舌，答不上来。

　　"你把脚上穿的脱下来看看不就知道了吗？"

211

搭扣上写的是"九文"。

回家后，我就将布袜交给了姐姐。因为姐姐穿的布袜也是九文的。

之后又过了两年左右吧，我们全家都去了朝鲜，住在京城^①。上女校三年级时，由于我过于亲近三桥老师，被家里人说了，也不让我再去找他了。后来三桥老师因感冒恶化，连我们的期末考试都取消了。

圣诞节前，我跟母亲一起上街时，买了一顶大红的缎子礼帽，想作为圣诞礼物送给三桥老师。帽子的丝带上插着配有红果的深绿色柊树叶，里面还有一颗用银纸包裹着的巧克力。

走进大马路旁的书店后，遇见了姐姐。我给她看了礼帽盒，并问道：

"这是给三桥老师的礼物。你猜，里面是什么？"

"我说，你还是算了吧。"姐姐压低声音，像是在责备我似的说道，"学校那边不是也说得很难听了吗？"

我的幸福感瞬间消失了。到那时我才意识到，原来姐姐跟我是完全不同的两个人。

结果，直到圣诞节过完，那顶大红礼帽还在我的书桌上那么放着。可是，到了年末的三十日那天，大红礼帽却不见踪影了。我再次有了幸福感也一起消失了的感觉。可不知道为什么，即便是跟姐姐，我也说不出口。

可就在第二天的除夕之夜，姐姐邀我外出散步时说：

---

① 指日本占领时期的朝鲜汉城，即现在的韩国首尔。

"那颗巧克力，已经给三桥老师供上了。就跟在白花的阴影里放了一颗红色的珠子似的，好看极了。我还跟人说好了，下葬时会放到棺材里去的。"

我根本就不知道三桥老师已经死了。自从那顶大红礼帽放在书桌上之后，我就没出过门。家里人也像是对我隐瞒了老师的死讯。

我给棺材里放东西，其实也只有大红礼帽和白色布袜这么两次。据说三桥老师也是躺在廉价租屋里薄薄的被褥上，喉咙里"呼哧呼哧"直响，在眼珠子都快要蹦出来的痛苦中死去的。

大红礼帽和白色布袜，到底算是怎么回事儿呢？——依旧苟活着的我，不由得如此寻思道。

夏天与冬天

一

今天是星期天。正好也是盂兰盆节的最后的一天。

丈夫一大早就跑到中学的操场上，去看市民棒球大赛了。吃午饭时回来了一趟，随后又去了。

该考虑晚饭吃什么了——加代子正这么寻思着，却又想起了一件颇为玄妙的事情。因为今天她身上穿着的这件浴衣，就是她娘家附近的商店橱窗里，模特儿穿过的那件。

那会儿她还在上班，每天上下班走过从家里到电车站的这段路时，都能看到那个玻璃橱窗里站着个模特儿。

模特儿身上的服装自然是随着季节而变换的，可它的姿势却始终如一。给人一种城郊商店的感觉。而这个姿势始终如一的模特儿，也未免令加代子感到枯燥乏味。

可是，每天这么看着，慢慢地就觉得模特儿脸部表情似乎是有所变化的。过了一阵子之后，加代子就发觉模特儿的表情，其实正喻示着她自己当天的心情。又过了一阵子，她就开始根据模特儿的

214

表情，来判断自己的心情了。而路过玻璃橱窗时看看模特儿的脸，也就成了她早晚必做一次的占卜了。

等自己的婚事敲定下来后，加代子就把当时模特儿身上所穿的衣服买了下来。因为这也是一种纪念。

那会儿的人们，每天的心情都是阴晴不定的。——加代子回想道。

夕阳西照之下，丈夫回来了。浴衣下摆掖在腰里，草帽下的那张脸晒得通红。

"啊，好热啊。热得头昏脑涨的。"

"看你这满身大汗的，快去洗个澡吧。"

"嗯，那就去洗一个吧。"

加代子把毛巾和肥皂塞给丈夫之后，不太情愿的他也只得朝澡堂子走去了。

当时，加代子正在铁丝网上烤茄子呢。所以看到丈夫出去了，心里暗叫庆幸。因为要是在往常，丈夫一回来，不仅会掀开锅盖看看，提起防蝇的纱罩瞅瞅，还会唠唠叨叨地讲解茄子该怎么烤。似乎一点儿都察觉不到加代子的反感。

丈夫从澡堂子回来后，把肥皂和毛巾一扔，就跟跌倒在地似的一骨碌躺倒在客厅里了。脸比出去那会儿更红了，还有点气喘吁吁的。加代子在他脑袋下面塞了个枕头后，这才注意到丈夫的这副模样。

"要让脑袋凉快一下吗？"

"嗯。"

她绞了一块冷毛巾放在丈夫的额头上，将移门推向一边，好让通风畅快些，紧接着又拿来在厨房里扇火的柿漆团扇，"啪嗒啪嗒"地给他打起了扇来。

"别介，别扇得那么急呀。"

丈夫双手放在胸前，皱起眉头说道。

加代子轻轻地放下了团扇，跑出去买冰块了。回来后，她就做了个冰枕头。

"是冰啊。也太凉了吧。"

丈夫嘴上这么说，却也并未拒绝，任由妻子摆布着。

没过多久，丈夫就跑到檐廊上吐了起来。净是些白沫似的东西。加代子给倒了一杯盐水来，可他看都不看一眼，又一骨碌仰面朝天地躺下了。

"你去吃饭好了。肚子饿了吧。"

丈夫的脸已经不红了，而是刷白刷白的。

"我刚才吐的东西，要用桶里的水冲洗一下哦。"

吩咐完了之后，丈夫就气息平缓地睡着了。

加代子盯着丈夫的脸，默默地看了一会儿。随后就一个人悄没声儿地吃起了饭来。

这时，洋铁皮的屋顶上响起了"滴滴答答"的雨点声，不多一会儿就变成"哗——哗——"的阵雨了。

"喂！屋后不是还晾着衣服了吗？"

被雨声吵醒了的丈夫说道。加代子慌忙放下了筷子。将晾着的衣服收进来后，丈夫又开口了：

"酒串子里还有酒，盖子盖好吧。"

这事儿也没做呢。

满脸厌烦的丈夫叹了一口气，又闭上了眼睛。

正所谓倒霉的日子里偏会遇上倒霉的事儿，晚上睡觉时，蚊帐里又进了蚊子，把加代子咬得痒醒了。她开了电灯坐起身来，等候那蚊子靠近，可那蚊子就是不现身。她又去拿了团扇来，每个角落都扇了个遍，还是没发现。心想还是一片漆黑的好吧，于是就关了电灯。果不其然，没过多久，那蚊子就落在了她的额头上，被她一巴掌拍死了。不过她生怕吵醒了丈夫，这一切都做得很小心。

然而，经过这么一番折腾，加代子已经是睡意全无了。她起身来到了檐廊上，并将玻璃门悄悄地拉开了一条缝。

本该是明月当空的，可天上却是阴沉沉，黑咕隆咚的。

"喂！你还不睡觉？明天起不来的哦。"

丈夫在被窝里呵斥道。

加代子钻进蚊帐后，丈夫又问道：

"你哭了吗？"

"没哭呀。"

"哦，想哭就哭好了。"

"我干吗要哭呢？"

丈夫一翻身，背对着她睡了。

二

昨晚吃的牡蛎像是不新鲜，加代子肚子疼得厉害。不过她没有上床，而是躺在了火钵前，与丈夫面对着面。

她又想听道子的事儿了，便不依不饶地纠缠着丈夫。丈夫却非

217

常沉着，慢条斯理地说了起来：

"我觉得道子喜欢上我了，是在我问她想找个什么样的男人的时候。当时我想，道子也老大不小的了，应该帮着给她找个婆家了，就问她'喂，你想找个什么样的'，记得那会儿她正给我做蛋包饭呢，听了我的话后，她一声不吭的，我就说'你不说，别人怎么知道呢'，于是她依旧脸冲着那边去，飞快地说了句'要像你这样的'，我说'什么？像我这样的？我可是喜欢喝酒的哦'，她又说'像你这么个喝法也没啥'。说完，她就'咚咚咚'地上二楼去了……"

其实这话加代子以前也听过的，可她就是喜欢听。这个道子，是丈夫的表妹。

现在，丈夫这番话也让她多少忘掉了一点腹痛。

"那么，你对道子又有什么想法呢？"

"什么想法也没有。她是我的表妹呀。"

"她那么漂亮，话又说到了那份儿上，可你却一点都不动心，可见你是个冷血动物。"

"她身子有点弱，我不想娶她。对于不想与之结婚的女人，我干吗要动心呢？"

"那么道子做的蛋包饭，后来怎样了呢？"

"蛋包饭？你怎么老问这种无关紧要的事情？想来是吃掉了吧。"

其实，加代子觉得这里面似乎有些蹊跷：说不定丈夫那会儿是紧挨着道子给她讲解蛋包饭的做法的，道子上楼去后，是丈夫自己把蛋包饭做完的亦未可知。

"我说，你别老问这些了，要出去买东西就赶紧去吧，这不已经四点钟了吗？"丈夫说道。

加代子突然听到了外面呼啸的寒风。她的肚子又疼起来了。

天这么冷，明知道我身体不舒服还叫我出去买东西，这不是太狠心了吗？——加代子心想。难道是刚才听他说话时我露出了笑容，他没看出来我根本就没有外出的力气？

去购物的途中，加代子浑身颤抖了起来，在狭窄的弄堂里蹲了好一会儿。

她心想，正因为丈夫是如此的冷酷，才会对道子的爱情置之不理的吧。看来，反倒是对这种人仅仅笨拙地表达了一次朴素爱情的道子，是幸福的。或许有一天，丈夫会明白真正爱着自己的只有道子。照他的秉性来看，这是很有可能的。

回到家里时，丈夫已经上澡堂子去了。

加代子刚下厨房，就觉得后背一阵发凉，就跟有水流淌过似的。肚子也疼得不行。她撂下手里准备晚饭的活计，钻入了被窝。

丈夫洗澡回来后问道：

"身体不舒服吗？"

"怀炉揣上了吗？"

加代子摇了摇头。丈夫拿来了温暖的怀炉。加代子还惦记着做晚饭的事儿。

丈夫却说了声"不用管我"，就关上隔扇出去了。

外间传来了做茶泡饭的动静。食材已拿出来了，丈夫平时又爱指导烹调，却因为怕麻烦，只是事务性地用茶泡饭来敷衍了事了。

加代子看过道子的照片，知道就长相、气质而言，自己是没一点及得上的，而自己能与丈夫结婚，似乎就凭着身体结实这么一个长处。她不禁有些担心起来：明天我还起得来吗？不过，从外面传来的，"嘎嘣嘎嘣"的嚼萝卜干的声响，又多少减轻了一点她内心的不安。

不管怎么说，比起夏天那会儿来，丈夫那种烦人的牢骚话已有所减少了。

蛋

　　夫妻二人都感冒了。他们枕头挨着枕头，并排躺着。

　　由于平日里妻子每晚都和大孙子一起睡，而丈夫讨厌一大早就被小孩子吵醒，所以他们夫妻俩很少这么枕头挨着枕头并排着睡觉。

　　要说起丈夫为什么会患感冒，这起因还是颇为滑稽的。

　　在箱根的塔泽，有一家他熟悉的温泉旅馆，有时候大冬天他也会上那儿去。今年则是到了二月初他才去，住到了第三天，他一觉醒来，见已是下午一点半了，就慌慌张张地赶紧起来了。等他洗了澡回到房间里，见女侍正睡眼惺忪地往火钵里添炭呢。

　　"今天早晨您这是怎么了？起床这么早，把我们吓了一大跳啊。"

　　"哎？你这是在挖苦我吗？"

　　"什么呀？这不才七点多吗？您醒来的时候，才七点零五分啊……"

　　"啊？"他大吃一惊，"哦，我明白了。我是把怀表的长短针给看反了。这个洋相可真是出大了。唉，都是我这双老花眼给闹的。"

　　"账台上还担心是不是昨夜房间里进了贼了呢。"

定睛一看，见女侍在睡衣外加了一件铭仙绸的夹袄，眼见得是睡着时被叫醒，连换衣服都来不及了。怪不得通知他们自己起床时，过了一会儿才有人接电话呢，想必那会儿，账台里值班的人还睡得死死的呢。

"啊呀，一大早就叫醒了你们，真是对不住啊。"

"没事儿，我们本来也该起床了嘛。倒是您，要不要再休息一会儿呢？我来给您铺床，好不好？"

"这个嘛……"

他欠着身伸手在火钵上烤着火。

被她这么一说，倒也觉得有些困的。可是，这寒冷的天气似乎又令他清醒过来了。

结果，他在这么个寒冷的早晨，早早地就出了旅馆回家了。

于是，就得了感冒。

妻子感冒的原因却并不像他这么的清楚明白。似乎是因为外面流行感冒而被感染了。

丈夫回来的时候，妻子已经躺倒了。

丈夫给家里人说了看错了怀表长短针的事儿，引得大家哄堂大笑。

说完，他又将那个怀表给家人们传看。

这是个个头较大的怀表，可长短针的形状相同，且针尖处都带个小圆圈。于是大家得出了结论，就这么个怀表，放在昏暗的枕头边上，再加上老眼昏花的，不看错才叫怪呢。他们还拨动表针，做了把七点零五分错看成一点三十分的实验。

"爸爸您应该用个带夜光指针的嘛。"最小的女儿说道。

丈夫此刻浑身无力，好像有些发烧，就决定与患感冒的妻子并枕同眠了。

"我来给你做伴儿了。"他说道。

"你也吃点那个医生开的药好了。反正都是感冒嘛。"

第二天早晨，妻子醒来后问道：

"箱根怎么样啊？"

"嗯，很冷啊。"丈夫敷衍过后，又说道，"昨天夜里，你咳得很厉害，把我吵醒了。可我刚咳了一声，你就吓得像是要跳起身来似的。反倒把我吓了一跳。"

"是吗？我可一点也不知道啊。"

"你睡得很死啊。"

"跟小孙子一起睡，倒是经常会惊醒的。"

"怎么就把你吓成那样了呢？一大把年纪了，怪腻歪的。"

"有那么惊慌失措吗？"

"是啊？"

"或许就是女人的本能吧，尽管上了年纪……睡着后竟忘了身边还有个怪物呢……"

"怪物？到头来我成了怪物了？"丈夫苦笑道。随即他又说道，"哦，对了，前天夜里在箱根，来了个旅游团。宴会过后，有几个客人就睡到隔壁房间来，连艺伎都喝得酩酊大醉，舌头都不利索了。都这样了，却还给去了别的房间的姐妹打电话，说个没完，大喊大叫。由于舌头大了，听不太清她讲的是什么，只听出一句，说的是'要生蛋了。马上就要生蛋了'，卷着舌头，这话还说了好多遍。跟人吵架，居然说'要生蛋了'，你说好笑不好笑……"

"哦，可怜见的……"

"可怜？有什么好可怜的？她那嗓门高着呢。"

"你就是因为这个才睡昏了头，七点钟就起床的吧。"

"真是大出洋相啊。"丈夫苦笑道。

这时，外面传来了脚步声。

"妈，"最小的女儿在隔扇外喊道，"您醒了吗？"

"嗯。"

"爸也醒了吗？"

"他也醒了。"

"我能进来吗？"

"行啊。"

这个名叫秋子的十五岁的姑娘，一本正经地坐在母亲的枕边。

"妈，我做了个噩梦。"

"什么梦？"

"梦见我死了。我是个死人了。可我自己又是知道的。"

"啊呀，还真是个噩梦啊。"

"是吧。我穿着白色的轻飘飘的衣服。走在一条笔直的路上。路两侧像是有许多雾。连路也像是漂浮着的。我也漂浮似的走着。有个奇怪的老婆婆跟在我的后面。一直跟着。没有脚步声，我很害怕，不敢回头去看，可我知道有个老婆婆跟我呢。我跑不掉的。——妈，她是死神吗？"

"怎么会呢？"说着，妻子与丈夫对视了一眼。

"后来又怎样了呢？"

"嗯，后来也还在路上走着，不过路两侧开始出现一栋栋房子了，是像那种简易小屋似的房子，灰色的，样子也很朦胧柔和。再后来我就跑进一栋这样的屋子里去了。老婆婆跟错了，进了另外一栋。我心想，这下可好了，可一看四周，屋子里连地板也没有，什么都没有，却堆着许多蛋。"

"蛋？"说着，妻子不禁笑了起来。

"是蛋哦。我觉得那就是蛋。"

"哦，是吗？后来又怎么了？"

"后来不知怎么搞的，我就在那个有许多蛋的屋子里升天了。但我觉得自己升天了的时候，我就醒了。"

女儿望着父亲，问道：

"爸，我会死吗？"

"怎么会呢？"猝不及防之下，父亲说出了与母亲相同的话。因为，在考虑十五岁的女儿怎么会做这种死亡梦之前，他首先惊讶于她梦中出现的蛋。

"啊，可怕，太可怕了。"女儿说道。

"我说，秋子，昨天妈妈嗓子疼，说喝一个生鸡蛋或许就会好的，所以你就出去买了。应该就为了这个，你才做有蛋的梦的吧。"

"是吗？妈，给您拿鸡蛋来好吗？您要喝吗？"

话音刚落，女儿就起身离开了。

"都是你这个老不正经的，想什么艺伎生蛋的事儿，结果蛋跑进女儿的梦里去了。"

"唔——"丈夫两眼望着的天花板，"秋子她经常梦见死亡吗？"

"不知道啊。应该还是头一回吧。"

"她没什么事儿吧。"

"不清楚啊。"

"不是因为蛋而升天的吗?"

女儿拿着鸡蛋来了,并把蛋打在了碗里,说了声"给!"就出去了。

妻子斜乜着眼睛盯着鸡蛋,说:

"看着有点瘆得慌,吃不下了。还是你吃了吧。"

丈夫也斜视着鸡蛋,一片茫然。

秋雨

在我眼底，有一个幻象：火球落在红叶艳艳的山上。

与其说是山，毋宁说是谷，谷深而山陡。溪涧中流，峰峦峭拔。若不仰起头，便看不见峰峦之上的天宇。天空依然蔚蓝，只是渐带暮色。

涧水中的白石也略现暮色。红叶从高处将我包围，那份寂静沁透我的身心，许是让我快快感受那黄昏即将来临？溪水湛蓝，红叶却未见倒映水中；对那片湛蓝，我疑心是自己看花了眼。这时，但见湛蓝的水面上有火球纷纷坠落。

既非火雨，亦非火星，只是一团团的小火球，在水面上闪烁不已。一点不错，是粒粒火球从天而降，一经落到蓝蓝的水面便倏忽不见了。火球降到山腰之际，因为红叶而看不出颜色来。那么，山顶上又是怎样一个情景呢？仰头望去，那团团小火球正以意想不到的速度，从空中纷纷下坠。是火球移动的缘故么？双峰屏立如岸，碧空夹成一线，似溪流而蜿蜒。

这是我去京都在特快列车上，入夜后打盹时所生的幻象。

十五六年前，我曾住院做胆结石手术，有两个女孩儿始终留在我记忆中。这次去京都，就是为到京都的饭店看望其中一人。

另一个是婴儿，生来没有输胆管。这种孩子顶多能活一年，所以给她动手术，插入一个接通肝脏和胆囊的人造管。母亲抱着那婴儿站在走廊上，我走到跟前，看着婴儿说：

"真不错，多可爱的孩子呀！"

"谢谢您了。说是这两天就要不行了，正等家里人来接我们呢。"母亲沉静地回答。

婴儿睡得很安稳，身上是一件茶花图案的和服，大概因手术后裹了纱布的缘故，胸口那里鼓鼓囊囊的。

我贸贸然向这位母亲问候，也是一时疏忽，只是出于住院患者之间的相互关心。有许多孩子来这家外科医院做心脏手术。手术前，他们或在走廊里跑来跑去嬉闹，或在电梯里上上下下玩耍。不知不觉的，我也会同他们说说话。那些孩子，大多是五六岁或七八岁，患有先天性心脏病。手术要小时候做才好，否则有可能早死。

那群孩子里，有一个女孩儿格外引起我的注意。每逢我乘电梯，可以说回回必有她在里面。这个五岁的女孩子，总是一个人蹲在电梯的角落里，躲在大人立着的腿后，绷着脸一声不响。那双严厉的眼睛，闪着明锐的光；一张小嘴抿得紧紧的，显得不服输的样子。我向照料我的护士打听，说那女孩儿几乎天天这样，一个人在电梯里，一连乘上两三个钟头。即便坐在走廊的长椅上，仍旧是同样的表情，不吭一声。我试着逗她说话，她眼睛连动都不动。我对护士说："这孩子将来准有出息。"

可这女孩子，后来不见了。

“那孩子已经动过手术了吧？结果如何？”我问护士。

“没等动手术就回去了。看到邻床的孩子死了，她就固执地说：‘我不做，我要回家。我不做，我要回家。’她硬是不肯做。”

“哦……那她能活得长么？”

她现在已经长成妙龄女郎，我去京都就是为了看她。

雨点打在客车玻璃窗上的声音，使我从迷离的梦境中醒来。幻象消失了。我刚要蒙眬打盹，便听见雨点打在窗上。不一会儿，风雨交加，窗上的声音越来越响。打在窗上的雨点，一滴一滴从玻璃上斜着流下去。从窗的这一头流到另一头。流流停停，再流，再停，再流。听上去很有节奏。一滴滴水珠，时而后面的超过前面的，时而上面的先落到了下面，交相错杂，绘出一道道曲线。流动的节奏中，有着一曲音乐。

我觉得，火降红叶山的幻象，虽说寂然无声，却正是那点点雨滴叩打车窗的音乐，化成了火球纷落的幻象。

后天，京都一家饭店的大厅里要举行新年和服表演，我应和服店老板的邀请前去观看。服装模特儿中有位名叫别府律子的。那女孩儿的名字我从未忘记，但却不知她已成了模特儿。说是来看京都的红叶，其实倒是为看律子而来。

第二天依旧是阴雨连绵。下午，我在四楼大厅里看电视。这儿好像是宴会厅的休息室，有两三家婚礼的来宾挤在里面，穿着结婚礼服的新娘子也从这儿经过。我偶然回头看了看，前一拨新郎新娘已走出会场，正在我身后摄影留念。

和服店的老板站在那里向我打招呼。我问他别府律子来了没有？老板便以目示意，她就在一旁。站在烟雨迷蒙的窗前，目光明锐地瞧着新郎新娘拍照，那便是律子。依然紧紧地抿着嘴。她还活着！已长成一个亭亭玉立、美丽动人的姑娘，我真想走过去跟她打招呼：还认识我么？想得起来么？但又猛然按捺住自己，逡巡起来。

"因为明天的服装表演，要请她穿新娘礼服，所以……"和服店老板在我耳边低语。

树上

　　敬助的家位于大河快要入海处的岸边。虽说大河就在他的院外，但因河堤较高，故而在他家里是看不到河流的。松树成行的古老河岸，又比河堤低了一截，所以那些松树看起来就跟种在他家的院子里似的。其实，松树前还有一道罗汉松的树篱笆呢。

　　路子每天都会钻过这道树篱笆，来与敬助玩，不，是来与敬助相会。路子和敬助都是小学四年级的学生。不走正门与后门而钻树篱笆进来，是他们两人之间的秘密。不过这对于一个女孩子来说也并非是一件轻而易举的事情。她要用双臂护住脑袋和脸蛋，弯下腰拼命往里钻才成。有时候一钻过去就滚翻在院子里了；有时候钻不过去，非得敬助把她给抱出来。

　　由于路子每天都要来，见了敬助的家里人又害羞，所以敬助就教给了她这么个钻树篱笆的方法。为此，路子还说：

　　"我好喜欢呀。心头咚咚直跳，咚咚直跳的。"

　　一天，敬助爬上了松树，可偏巧就在这时，路子来了。只见目不斜视，快步走在河岸上的路子，来到树篱笆那经常钻出钻进的地方后就停下了脚步，将垂在身后的长长的三股辫甩到了胸前，并将其中段衔在嘴里，旋即摆开架势，一头扎入了树篱笆。看得树上的敬助不由得倒吸一口凉气。钻入院子后，路子没看到本该在那儿等着的敬助，就有些胆怯地后退了几步，躲到了树篱笆的阴影下。敬助看不到她了。

"阿路！阿路！"敬助喊道。路子离开了树篱笆，环视着院子。

"阿路，松树。我在松树上呢。"

顺着敬助的喊声往上一看，路子惊得连话都说不出来了。敬助说道：

"阿路，你过来。你先出来，然后到树上来。"

路子钻出了树篱笆后，仰望着敬助说道：

"你下来吧。"

"阿路，你爬上来。树上可好玩啊。"

"我爬不上去的。你使坏。你们男生就知道使坏。你下来。"

"你上来呀。你看，树枝这么密，女生也能爬上来的。"

路子端详了一番树枝的疏密程度，说道：

"我要是掉下来，就全怪你。我要是摔死了，可要你赔。"

于是，她先攀上底下的树枝，然后一点点地往上爬。

爬到了敬助所在树枝上后，路子气喘吁吁地说道："我爬上来了。我爬上来了。"

随即，她又两眼放光地说道："哇，好吓人啊。快抓住我！"

"嗯。"敬助紧紧地搂住路子，让她靠近自己。路子也搂住了敬助的脖子，说道：

"看得见大海呢。"

"什么都能看得一清二楚。河对岸也看得见，河的上游也看得见……爬上来，挺好的吧？"

"挺好，挺好。阿敬，我也能爬树了。"

"嗯。"敬助沉默了一会儿，又说道，"阿路，这可是个秘密哦。我经常爬树，经常待在树上。这事儿可是个秘密哦。我在树上看书，在树上学习。这可是不能告诉任何人的哦。"

"我不会说的。"路子点了点头，随即又问道，"为什么呢？你为什么要像鸟儿似的待在树上呢？"

"我只跟你说哦——因为爸爸妈妈吵架吵得厉害，妈妈说要带着我回老家去呢。我不要看他们吵架的样子，就爬上院子里的树，在树上藏起来了。他们发现我不在了，怎么找也找不到。爸爸一直找到海边去呢。我在树上看到的。那是去年春天里的事情。"

"他们干吗要吵架呢？"

"那还用说吗？自然是阿爸在外面有女人了嘛。"

"……"

"还有，我经常待在树上这事儿，爸爸、妈妈都还不知道呢。是个秘密哦。"敬助叮嘱道，"阿路，从明天起，你就带着课本来吧。我们在树上学习。这样，成绩也会提高的。院子里那棵厚皮香的树叶不是很密的吗？别人无论是跑到树下面，还是哪儿，都看不到我们的。"

如此这般，两人的树上"秘密"，约莫持续了两年。他们十分轻松地待在粗壮的树干的分叉处。路子常常两腿跨坐在一根树枝上，身体靠在另一根树枝上。有些日子里会有小鸟飞来，有些日子里风会把树叶吹得沙沙作响。虽说离开地面也并不太高，可这对小情人却感到这是脱离了地面的，完全不同的世界。

月下美人

　　夏天，月下美人①开花的夜晚，小宫会把妻子的同学邀请到家里来。如此这般，已经持续了三年了。

　　今年第一个到的是村山夫人。她一走进客厅就嚷嚷道：

　　"啊！真美啊！太美了！开了这么多？比去年还……"

　　随即，她便站定身躯，端详起月下美人来。

　　"去年是七朵？今夜开了多少呢？"

　　在这个古典式木结构西洋建筑的宽敞的客厅里，餐桌被挪到了一边，正当间儿放着个圆形底座，上面则放着栽有月下美人的花盆。虽说那花盆比村山夫人的膝盖还要低些，可由于月下美人长得很高，故而非得稍稍仰起脸来才能观赏它。

　　"梦中之花……真是白色的梦幻之花呀。"村山夫人说了句与去年夏天相同的话。其实她前年第一次看到这花儿时，就说过这话了——以更为激动的声调……

---

① 昙花的别名。

234

村山夫人凑近月下美人，又仔细端详了一番之后，才来到小宫跟前，为自己能受到邀请而道了谢。又对站在小宫身边的女孩子说道：

"敏子，今晚真是太感谢了。你长高了，更可爱了……就跟月下美人比去年多开了一倍的花儿似的，敏子也长大了许多啊。"

女孩子看了看村山夫人的脸，但没吭声。她既不腼腆，也没微笑。

"您肯定花了不少心思吧，"村山夫转向对小宫说道，"不然怎么会开出这么多……"

"今晚应该是今年开得最多的一次吧。"

他似乎在解释之所以急着要在今晚邀请大家前来的原因，可语调平平，没透露出相应的热切来。

村山夫人最先到来，似乎也不仅仅由于她住在鹄沼海岸，离叶山这儿较近的缘故。

小宫首先打电话给村山夫人，通知她今晚来赏花之后，村山夫人立刻就给住在东京的同学们打了邀请电话，并随后就将结果告诉了小宫。五位夫人中，有两位不方便，一位在等丈夫回家，不能决定。今里夫人和大森夫人是要来的。

"'三位？今年人数减少了吧。把岛木也邀来吧'大森还这么说呢。岛木还从未来过，我们班中，还没结婚的，也只有她一个了……"村山夫人说道。

敏子从椅子上站起身来后，在月下美人前走过，像是要出去的样子。

"敏子，"村山夫人叫住了她，"我们一起赏花吧。"

"我看过它开花了呀。"

"开花的时候你看到了？跟你父亲两个人……敏子，月下美人是怎样绽放的呢？"

女孩没回头去再看村山夫人一眼，径自走了。

如同在微风中摇曳一般地绽放；如同莲花一般地绽放——村山夫人想起前年听小宫这么说过。

"敏子她不想与母亲的同学见面，也不想听人谈论她母亲吧？"村山夫人说道，"可我还希望幸子在这儿，和我们一起赏花啊。虽说要是幸子在的话，也许小宫你就不会侍弄什么月下美人了……"

"……"

前年夏天的一个夜晚，村山夫人来到小宫处，劝他让已分手的妻子回来。她就是在那会儿看到月下美人的。随后，她就征得小宫的同意，约了幸子的同学一起，再次前来赏花。

外面传来了汽车声。是今里夫人到了。此时九点半刚过。月下美人要入夜后才开放，两三个小时后凋谢，是一夜之花。又过了二十来分钟后，大森夫人与岛木澄子一起来了。村山夫人把澄子介绍给了小宫：

"怎么样？年轻得招人嫉恨吧？太漂亮了，所以人家不结婚。"

"什么呀？是因为身体太孱弱了。"澄子嘴上这么说着，眼睛却已经被月下美人招惹得闪闪发亮了。这些人中，只有澄子是第一次看到这花。她站到了月下美人的跟前，缓缓地绕着圈，仔细端详，还把脸蛋凑近了花朵。

长长的叶片，端部长出了粗壮的花茎，开出了大朵的白花。微风从敞开着的窗户吹进来，吹得白花轻轻地摇曳着。这花，与花瓣细长的白菊或白色的大丽菊都大异其趣，给人一种不可思议的感觉，宛如飘浮在梦幻中一般。三根枝干用竹竿支撑着，那上面叶片茂盛，浓绿欲滴，花儿也不少。由于它属于仙人掌科，故而叶片上长出叶片，花朵的雌蕊也很长。

澄子看得入迷了。受她的感染，小宫也站起身来走了过去。澄子居然没有察觉。

"虽说在日本，各地都有人培育月下美人，可能让它在一晚上开出十三朵的，还是很少见的吧。"小宫说道，"我们家的这株，一年要开六七回呢，不过今夜是开得最多的。"

随即他指着一个跟百合似的大花蕾说，这朵明晚会开。又指着叶片上那几个形似小红豆的凸起告诉澄子，这个会长成叶片，这个是花蕾，这样的花蕾要过个把月才会开放。

甜甜的花香包裹着澄子。这花香比百合更甜，却不像百合那么的霸道。

澄子朝椅子走去时，视线仍留在月下美人上。

"啊！小提琴……有人在拉小提琴吗？"

"是小女。"小宫答道。

"好美的曲子，叫什么来着？"

"这个嘛……"

真是月下美人的好伴奏啊——大森夫人说道。澄子望了望天花板后，就走到了院中的草坪上。下面就是大海。

回到客厅后，澄子说道：

"是个还很小的小姐啊。在二楼的平台上……不过她没有面对大海，而是背对着大海拉着。或许这样更好些……"

白马

　　枹树叶中，太阳银光闪闪。

　　野口蓦然抬起脸，阳光刺眼，眨了眨再去看。阳光并没照到他的眼睛，而是射在那片茂密的树叶里。

　　以枹树而言，树干这么粗固然少有，长得这么高也不多见。在这棵大枹树的周围，还簇立着好几棵枹树，正好遮住西晒的太阳。底下的枝杈没有修剪过。夏日的夕阳渐渐西沉，斜落在枹树林外。

　　树叶郁郁葱葱，树这边看不见太阳的形状，遍洒密叶中的光线便是太阳。这景象，野口已司空见惯。因在海拔千米的高原上，树叶青翠，同西洋的树叶一样明亮。夕照下，枹树叶一抹浅绿，澄莹透明。在微风中款摆，宛如光的波浪，流丽生辉。

　　今日傍晚，枹叶悄然不动，密叶间的光线也凝然一片。

　　"咦？"野口不禁出声。他发现天色微暗，已非太阳高悬林巅时的色彩。那是即将黄昏日落的光景。枹叶中的银光，是浮在林端的一朵白云在落照中辉映所致。枹林左边，连绵的远山已经垂暮，是一色儿的浅蓝。

射在枪林中的银光，倏然消逝了。郁郁葱葱的绿叶变得黑黝黝的。树梢上，蓦地跳出一匹白马，腾空飞向灰色的天际。

"啊！"野口叫了一声，却没怎么惊讶。在他，这幻象并不罕见。

"依旧骑着白马。依旧穿着黑衣。"

白马上的黑衣女人，长裙飘飘，一直飘到翻飞的马尾上。像是黑衣上缀的几块黑布，但又不像是黑衣上的东西，而是别的什么。"那是什么呢？"野口正寻思着，陡然空中的幻象消失了。只有白马奔腾的腿还留在心中。奔腾的姿态像赛马一样，但马腿的腾越却很徐缓。并且，在幻象中，奔腾飞越的只有马腿。四蹄是尖尖的。

"长长的黑布拖在身后，究竟是什么呢？难道不是布么？"野口心里惦着这回事。

——野口念小学高年级时，院子里，环匝着夹竹桃盛开的树篱，他曾和妙子一起画画玩，画了各种各样的画。有一幅画的是马。妙子画的是腾空的骏马，野口也画了一幅。

"这是骏马踢山，让神泉喷涌！"妙子说。

"怎么没有翅膀呀？"野口问。野口的马是有翅膀的。

"才不要翅膀呢。"妙子答道，"有尖尖的蹄子嘛！"

"骑马的是谁呢？"

"妙子我呀！骑马的是妙子呀！穿着粉红袍，骑着大白马。"

"噢，是妙子骑在骏马上，踢着山让神泉喷涌啊？"

"是呀！你的马倒是有翅膀，可没人骑不是？"

"得！"野口赶紧在马背上画一个男孩。妙子在一旁瞧着。

这事也就到此而已，后来野口没跟妙子结婚，而跟别的女人成了家，还有了孩子，年纪也大起来，往事早已忘诸脑后了。

他想起这事，纯属偶然。那是在一个不眠之夜，儿子没考上大学，每晚都要用功到两三点，野口惦记着，无法入睡。接连几个不眠之夜，野口咂摸到了人生的寂寞。儿子还有明年，还有希望，所以夜里也不睡觉。但父亲却眼睁睁干躺在床上。倒不是为了儿子，只因感到自家的寂寞。一旦寂寞萦怀，便难摆脱，一直扎根到内心深处。

为能入睡，野口想了种种办法。曾试着静静地幻想和追忆往事。结果，一天夜里，出其不意，想起妙子的那幅白马图。画已记不清了。黑暗中，野口闭着眼睛，浮上他脑海的，不是小孩子的画，而是白马腾空的幻象。

"啊，是妙子骑在马上，穿着粉红色的衣裳。"

腾空的骏马分明是白色的，可马上的人儿，身形和色彩却看不真切，似乎不是小女孩。

然而，白马在空中的腾跃，速度渐渐徐缓，最后消失在远处，野口也随之沉入酣眠。

自那夜起，野口把白马的幻象当成催眠的绝招。野口也留下难以入睡的毛病。每逢痛苦或烦恼的时候，老毛病定规要犯。

不眠之夜，野口靠白马的幻象来解救，这已不知有多少年了。幻象中的白马，尽管形态栩栩如生，十分鲜明，但骑马的人，总觉得是个穿黑衣的女子，绝非身着粉红袍的小女孩。何况，那黑衣女子的姿容，随着岁月的流逝，在野口的幻象中愈见衰老，也更添几分诡谲。

——今天，野口没等闭眼上床，人还清醒，单是靠在椅子上便看见了白马的幻象，这还是头一回。幻象中黑衣女子的身后，飘动着长长的黑布样的东西，这也是头一回。说是"飘动"，看着却像又厚又重的黑东西，"到底是什么呢?"

野口犹自仰望暮色微茫、渐渐变暗的天空，那白马的幻象已然消失的天空。

不见妙子，已有四十年。且一直杳无音信。

川端康成
掌の小説

图书在版编目（CIP）数据

掌小说集 /（日）川端康成著；高慧勤，徐建雄译
.—上海：上海译文出版社，2023.7
（川端康成作品系列）
ISBN 978-7-5327-9234-4

Ⅰ.①掌… Ⅱ.①川… ②高… ③徐… Ⅲ.①小小说
-小说集-日本-现代 Ⅳ.①I313.45

中国国家版本馆 CIP 数据核字（2023）第 110349 号

掌小说集	[日] 川端康成 著	出版统筹 赵武平
掌の小説	高慧勤 徐建雄 译	责任编辑 许明珠
		装帧设计 尚燕平

上海译文出版社有限公司出版、发行
网址：www.yiwen.com.cn
201101 上海市闵行区号景路 159 弄 B 座
山东韵杰文化科技有限公司印刷

开本 890×1240 1/32 印张 7.75 插页 5 字数 98,000
2023 年 8 月第 1 版 2023 年 8 月第 1 次印刷

ISBN 978-7-5327-9234-4/I·5749
定价：52.00 元